Cousine Phillis

Elizabeth Gaskell

© 2024, Elizabeth Gaskell
Édition : BoD • Books on Demand GmbH, In de
Tarpen 42, 22848 Norderstedt (Allemagne)
Impression : Libri Plureos GmbH, Friedensallee 273,
22763 Hamburg (Allemagne)
ISBN : 978-2-3225-4255-0
Dépôt légal : Août 2024

COUSINE PHILLIS

I

Que d'angles dans cette mansarde ! Un géomètre y eût retrouvé toutes les figures du *cours* le plus complet, mais c'était mon premier domicile de libre garçon, et j'en pris possession avec un orgueil, une joie indicibles.

Mon père l'avait choisie en bon air, donnant sur la place du marché, au-dessus d'une boutique de pâtisserie tenue par deux antiques demoiselles, comme nous de la secte des *indépendants*, avec l'arrière-pensée que ma conduite et mes principes religieux seraient sévèrement contrôlés par les *misses* Dinah et Hannah Dawson, en compagnie de qui je devais prendre mes repas. Lui-même, faisant trêve à ses obstinés travaux et endossant pour la première fois, je crois, son habit des dimanches un jour ouvrable, était venu me présenter au patron sous les ordres duquel je devais débuter.

C'était un jeune ingénieur nommé Holdsworth, qui m'avait accepté dans ses bureaux en reconnaissance d'un utile renseignement à lui fourni par mon père.

Mon père... Je m'aperçois que ces mots reviennent à chaque instant sous ma plume ; qu'on me pardonne cet orgueil filial ! L'Angleterre est heureuse de produire de tels hommes. Celui-ci, né pauvre, sans aucunes ressources d'éducation, s'était créé lui-même de toutes pièces, et de par la vertu d'un génie secret qui le poussait aux investigations mécaniques. À l'époque dont je parle, il n'était pas connu comme il l'est maintenant ; mais dans un certain cercle d'hommes pratiques, personne n'ignorait le nom de Manning, attaché désormais à une véritable découverte, la fameuse « roue de propulsion, » le rouage-Manning, disent les gens du métier.

La vie que je menai à Eltham pendant les premiers mois de mon installation ne répond pas à l'idéal d'une jeunesse folâtre. On travaillait dur sous la direction de M. Holdsworth, alors chargé de construire un petit embranchement de chemin de fer entre Eltham et Hornby. Dès huit heures du matin, il fallait être au bureau, d'où l'on ne sortait qu'à une heure de l'après-midi pour aller dîner. À deux heures, on reprenait le joug, et jusqu'à sept ou huit heures du soir, selon l'occurrence.

Par exemple, la tâche de l'après-dînée offrait de temps à autre quelques distractions : c'était lorsque j'accompagnais M. Holdsworth sur quelque point de la ligne en construction, soit pour surveiller les travaux, soit pour régler, toise en main, les comptes des ouvriers. Ces excursions à travers un pays sauvage et charmant me ravissaient d'aise et me mettaient vis-à-vis de M. Holdsworth sur un pied de camaraderie qui me relevait à mes propres yeux.

Il avait six ans de plus que moi, une instruction bien supérieure à la mienne, un esprit vif, développé par des voyages à l'étranger, une désinvolture bien rare chez nos compatriotes, et un fonds de bonté, d'indulgence, qui, pour être tempéré d'ironie, ne se révélait pas moins à tout instant. Ce jeune ingénieur de vingt-cinq ans était tout simplement, à mes yeux innocents, le plus grand homme de sa profession, et par conséquent — selon mes idées enthousiastes au sujet de la carrière ouverte à mes efforts, — le plus grand homme du monde. L'avenir devait se charger de prouver un jour ou l'autre que je ne me trompais point.

J'aurais bien voulu reconnaître les bontés qu'il avait pour moi, et l'idée m'était venue, en regardant le superbe jambon que ma mère m'envoyait à certaines dates, qu'une invitation à déjeuner ne serait peut-être pas mal accueillie par ce héros de mes rêves ; mais j'eus la douleur de trouver miss Hannah tout à fait opposée à ce projet lorsque je le lui laissai vaguement pressentir. Il lui semblait à première vue impliquer des arrière-pensées coupables, et dans les phrases solennellement obscures par lesquelles se manifestait sa réprobation je crus discerner ces mots : « Gardons-nous de nous vautrer dans la fange ! » Impossible à moi, même à présent, de voir en quoi ils pouvaient s'appliquer au sujet de notre conversation.

En revanche, s'il arrivait que M. Peters, le ministre indépendant d'Eltham, touché de mon assiduité aux offices, m'engageât à venir partager son repas dominical, mes deux hôtesses semblaient me considérer comme un élu de la Providence. Elles m'enviaient l'honneur et le bonheur dont j'allais jouir. Loin d'en être ébloui, je leur aurais cédé ma place très-volontiers, et ne voyais en somme rien de si flatteur à rester ainsi trois heures de suite sur le bord d'une chaise, en butte à mille questions sur l'état de mon âme, jusqu'au moment où mistress Peters venait nous rejoindre avec son factotum femelle et où commençaient les exercices religieux, — la lecture pieuse, le sermon, une longue prière improvisée, — le tout pour inaugurer le thé, sur lequel nous nous jetions affamés et las plutôt qu'édifiés.

C'étaient, deux fois par mois, mes délassements du dimanche, et quand je rentrais de ces fêtes sacro-saintes, ma petite chambre n'avait pas assez de coins et de recoins, — elle qui en avait tant, — pour loger tous les bâillements accumulés et logés dans ma poitrine.

Peut-être se demande-t-on déjà ce que tout ceci à de commun avec la cousine Phillis. Un peu de patience, et nous y arriverons.

Mes épîtres hebdomadaires instruisaient régulièrement ma famille de tout ce qui se passait autour de moi, et un jour que nous étions allés sonder, mon patron et moi, quelques terrains qui nous étaient signalés comme trop

« mous, » trop perméables pour y faire passer la voie ferrée, je mentionnai l'incident à mon père, en lui parlant du village où nous avions fait halte. Ce village se nommait Heathbridge. Par l'ordinaire suivant m'arriva une lettre de ma mère, chez qui ce simple mot avait réveillé toute une série de souvenirs :

« Informez-vous, me disait-elle, de quelques parents à moi, dont le voisinage pourrait vous être précieux. Une cousine au second degré (que du reste je n'ai jamais vue) et qui passait jadis pour une héritière, en sa qualité de fille unique du vieux Thomas Green, a épousé dans le temps un ministre de notre croyance, Ebenezer Holman, dont la résidence était un endroit appelé Heethbridge. Sachez si c'est bien le même village dont parle votre lettre. Sachez ensuite si le ministre ne s'appelle point Ebenezer Holman, puis enfin si le nom de sa femme n'est pas Phillis Green. Tout cela vérifié, présentez-vous hardiment chez eux, comme l'unique enfant de Margaret Manning, née Moneypenny ; j'ai toute confiance que vous serez reçu à bras ouverts. »

Quand je lus ces lignes, j'aurais voulu, pour beaucoup, n'avoir jamais mentionné dans ma correspondance le nom de Heathbridge. En fait de ministres indépendants, M. Peters me suffisait, pour ne rien dire de pis, et un surcroît d'homélies, de prières improvisées, de lectures pieuses, ne me semblait aucunement requis pour la circonstance : mais enfin ma mère avait parlé, ce qui impliquait pour moi un arrêt du destin.

Donc, à l'issue de notre dîner commun, M. Holdsworth m'ayant quitté pour fumer son cigare, j'interpellai la rustique servante de notre auberge, qui parut ou ne pas comprendre mes questions, ou tout à fait incapable d'y répondre. Par compensation, elle m'expédia notre hôte, qui se montra plus complaisant ou mieux informé :

« Oui sans doute, Ebenezer Holman était le ministre… Peut-être bien sa femme appartenait-elle à la famille Green… Dans tous les cas, elle s'appelait Phillis… »

M. Holdsworth rentra sur ces entrefaites

« Des parents à vous ? ». demanda-t-il négligemment.

Je répondis par un signe de tête, et l'aubergiste continuant :

« Hope-Farm, me dit-il, appartient à M. Holman. On la voit d'ici. Ces hautes cheminées qui pointent à travers le feuillage sont celles de la ferme. En ligne droite, c'est à deux portées de fusil… Un fameux laboureur, notre ministre ! ajouta-t-il avec conviction.

— Allons donc ! un curé qui se mêle d'agriculture ! s'écria mon compagnon en haussant les épaules.

— Oui, monsieur, et pas un fermier d'ici ne lui en remontrerait, poursuivit notre hôte sans se déconcerter. Il donne cinq jours de la semaine à ses champs, deux jours au Seigneur, et je ne sais pas ce qu'il pioche le mieux, de sa terre ou de ses sermons. Demandez plutôt dans le pays.

— À votre place, Manning, me dit mon jeune patron quand nous restâmes seuls, j'irais un peu voir cet original…

Je n'ai pas encore les comptes de la journée, et vous pouvez disposer d'une bonne heure. »

Ce fut un peu malgré moi que, toujours dominé par mon « héros, » je m'acheminai vers Hope-Farm.

Grâce aux minutieuses indications de notre hôte, je n'eus pas grand'peine à m'orienter, et, longeant un petit mur bas au pied duquel courait un sentier encombré de hautes herbes, j'arrivai devant une grande porte dont les montants portaient sur deux piliers couronnés de sphères en granit. Cette entrée d'apparat, donnant sur la principale avenue de l'enclos était rigoureusement fermée.

Je continuai donc par le même sentier jusqu'à un huis plus modeste, pratiqué dans le mur et où j'appliquai, sans façon, un bon coup de poing. Il s'ouvrit aussitôt, et je me trouvai en face d'une jeune fille qui de prime-abord me parut à peu près de mon âge, sa tête dépassant la mienne d'un bon tiers. Elle attendait en silence, les yeux fixés sur moi, les explications que j'avais à lui donner.

II

Je la vois encore, la cousine Phillis, en pleine lumière et sous les obliques rayons du soleil couchant, vêtue de cotonnade bleue, avec une petite garniture autour du col, et des poignets. Je n'avais pas idée d'une pareille blancheur. Ses cheveux étaient blonds, d'un blond pâle et doux, qui répondait à l'expression calme de ses grands yeux gris, tandis qu'elle me contemplait, immobile et sereine. — Mais elle avait un grand tablier à manches, et ce détail puéril me troublait par le désaccord apparent qu'il jetait entre son âge et sa mise.

Pendant que je cherchais sans trop de succès quelques paroles pour justifier ma présence, une voix de femme s'éleva derrière la grande enfant.

« Qui est-ce, Phillis ? que demande-t-on ? »

Il me sembla dès lors plus naturel de m'expliquer avec la personne qui prenait ce ton impérieux, et, passant devant la jeune fille, je me trouvai, chapeau en main, à l'entrée d'une espèce de salle basse où une petite dame fort alerte, paraissant aux environs de la cinquantaine, repassait une série d'immenses cravates en mousseline blanche.

Le premier regard qu'elle me jeta fut empreint de quelque méfiance. Mon nom de Paul Manning, humblement décliné, ne parut lui rien apprendre ; mais à peine eus-je articulé, non sans un certain effort, celui qu'un hasard absurde avait infligé à mes parents maternels :

« M'y voilà ; s'écria mistress Holman avec empressement. Margaret Moneypenny, mariée à John Manning, de Birmingham... Vous êtes son fils ? Asseyez-vous ! Enchantée de vous voir... Comment vous trouvez-vous dans ces parages ? »

Elle s'assit en même temps, pour mieux écouter ma réponse.

Phillis avait repris un gros bas de laine grise, — un bas d'homme, à coup sûr, — et ne levait plus les yeux de son tricot. Une fois cependant je la surpris regardant je ne sais quel objet sur le mur, un peu au-dessus de ma tête.

« Et le ministre qui n'est pas là ! disait ma tante Holman avec un regret sincère. Il est aux champs, n'est-ce pas ? (Ceci à Phillis, qui répondit par un signe de tête affirmatif.) Si vous n'étiez pas si pressé de vous en retourner... Il rentre ordinairement vers quatre heures, quand nos hommes se reposent ; mais il faut que vous partiez... non pas cependant sans avoir pris quelque chose. »

Phillis, munie de quelques instructions données à voix basse, alla chercher les rafraîchissements qu'on voulait m'offrir.

« Ma cousine, n'est-il pas vrai ? demandai-je quand elle fut sortie, car j'avais grand besoin de parler d'elle.

— Oui, Phillis Holman, *aujourd'hui* notre unique enfant, répondit sa mère avec un accent auquel on ne pouvait se méprendre. — Je venais d'évoquer, sans le savoir, un funèbre souvenir.

— Quel âge a-t-elle ? repris-je aussitôt.

— Dix-sept ans depuis le 1er mai dernier.

— Moi, j'en aurai dix-neuf le mois qui vient, » ajoutai-je sans trop savoir pourquoi.

Phillis rentrait au même moment avec le gâteau et le vin traditionnels, le tout sur un plateau de faïence.

« Nous avons une domestique, fit observer la chère tante ; mais c'est aujourd'hui qu'on fait le beurre… »

Évidemment elle tenait à ménager l'amour-propre de sa fille, appelée à remplir un devoir servile.

« Vous savez, mère, que j'aime à prendre ce soin, » répondit celle-ci avec sa voix pleine et grave.

Cette scène me ramenait vers les temps bibliques. Je pouvais me croire l'intendant d'Abraham, près de la source où Rebecca vint si à propos le désaltérer. Je suis bien sûr, maintenant, que Phillis n'avait aucune préoccupation de ce genre. Ainsi que le voulait le cérémonial, je bus successivement à la santé de tous les membres de la famille, et quand je nommai ma jeune cousine, je hasardai de la saluer ; mais j'étais trop emprunté pour regarder du même trait comment elle prenait cette politesse.

« À présent, continuai-je, il faut m'en aller. »

La tante Holman déplora de plus belle l'absence de son mari, et me fit solennellement promettre que je reviendrais le samedi suivant pour passer en famille la journée du dimanche.

« Venez même vendredi, si vous êtes libre, » ajouta-t-elle sur le seuil de la porte en abritant de la main ses yeux contre les rayons du soleil couchant.

La cousine Phillis était toujours à l'angle de la croisée, avec ses cheveux d'or pâle et son éblouissante carnation, éclairant pour ainsi dire la pénombre où elle restait. — Elle ne s'était pas levée pour me reconduire, et me regardait en plein visage au moment où elle prononça tranquillement la formule des adieux.

Je m'attendais à subir un interrogatoire en règle sur ce qui venait de se passer en cette mémorable occasion ; mais je trouvai M. Holdsworth fort occupé de je ne sais quelle difficulté technique. Dans ce que je répondais à ses questions distraites, son esprit positif ne démêla que le désir d'être libre le vendredi suivant.

« Certes, dit-il ; vous n'aurez pas volé cette petite douceur. Voici plusieurs mois que vous bûchez comme un nègre. À votre aise, mon camarade, à votre aise ! »

III

Je m'étais dit tout d'abord, malgré cette concession si gracieusement faite, que je retarderais ma visite jusqu'au samedi ; pourtant, — expliquez ceci à votre guise, — je me trouvai vingt-quatre heures plus tôt à la petite porte de Hope-Farm.

Malgré la douceur d'une belle journée de septembre, un tison massif se consumait lentement dans l'âtre, en face de la fenêtre ouverte. La tante Holman était installée au dehors et reprisait du linge. Phillis, assise au même endroit où je l'avais quittée, était occupée du même tricot, et on pouvait la soupçonner d'y avoir travaillé toute la semaine. La treille qui montait le long du mur encadrait de ses feuilles brunies ce blanc visage que j'avais revu plus d'une fois, les yeux fermés, pendant ces quelques journées.

Les volailles bigarrées couraient et caquetaient dans la cour de la ferme, où les vases à lait, suspendus comme des trophées, se purifiaient, s'aéraient au grand soleil. Des fleurs partout, et jusque sur le sentier, semées avec profusion par la main de l'homme ou celle du hasard. Mon habit, imprégné de leurs parfums, garda quelques jours encore, à partir de celui-ci, l'odeur de l'églantier et de la fraxinelle. Les pigeons au plumage marbré guettaient l'instant où la chère tante, prenant une poignée de graines dans un panier placé à ses pieds, la dispersait autour de sa chaise. Quels battements d'ailes, et comme ils roucoulaient pendant la joyeuse picorée !

Ce fut mistress Holman qui m'aperçut la première.

« Phillis, cria-t-elle, votre cousin Manning !

— Pour Dieu, ma tante, appelez-moi Paul, lui dis-je aussitôt ; je ne suis Manning que dans nos bureaux.

— Eh bien ! Paul, votre chambre vous attend ; mais le ministre, n'étant rien moins que certain de vous voir arriver est allé du côté d'Ashfield, où la petite va vous conduire, si vous voulez. Allons, Phillis, votre chapeau, et dépêchons-nous ! »

Une fois en route, je cherchai, non sans quelque trouble intérieur, ce que je pourrais dire d'agréable à mon guide. Je l'aurais voulue de ma taille, et sa supériorité me gênait. Ce fut elle qui dut engager la conversation : « Vous travaillez donc beaucoup, mon cousin ?... Mais alors, reprit-elle quand je lui eus expliqué l'emploi quotidien de mes heures, vous n'avez guère le temps de lire ?

— Vraiment non, répondis-je, songeant à part moi que la lecture tiendrait une bien petite place dans les loisirs que j'aurais pu me procurer.

— Moi non plus, reprit-elle, et je le regrette fort... Si seulement on me laissait me lever en même temps que mon père.

— À quelle heure se lève-t-il ?

— À trois heures, répondit-elle, — et j'avoue que ces mots me donnèrent le frisson.

— À trois heures ! répétai-je abasourdi, que peut-on avoir à faire si bon matin ?

— Hé ! le temps lui manque toujours. C'est lui qui sonne la grosse cloche pour faire lever les bergers ; c'est lui qui réveille Betty, notre domestique. Le charretier, Jem, est un peu vieux, mon père le laisse volontiers dormir, mais encore faut-il que les chevaux mangent. C'est encore mon père qui vérifie les harnais et qui les répare au besoin. Il écrit ensuite la commande, soit de nourriture pour les hommes, soit de fourrage et d'avoine pour le bétail. Si tout cela lui laisse un peu de temps, il vient me trouver, et nous lisons, mais de l'anglais seulement à cette heure-là ; nous gardons le latin pour la soirée, où nous avons le loisir de nous y complaire. Bref, tout cela et bien d'autres choses l'occupent jusqu'à six heures et demie, heure où nous déjeunons.

— Heure où je dors encore, pensai-je avec quelque remords ; mais heureusement nous approchions du terme de notre course.

— Regardez, cousin Paul, me dit Phillis, regardez là-bas ces trois hommes. Le plus grand de tous est mon père. »

Jamais je ne me serais figuré un révérend ministre dans un tel équipage, sans cravate, sans gilet, sans habit, sans bretelles, les pieds dans d'épais brodequins, la tête nue, les bras nus, et maniant la houe avec toute la dextérité du laboureur le plus expert.

Ainsi m'apparut cependant, à travers les branchages d'une haie, le digne Ebenezer Holman.

Comme nous entrions dans le champ, il nous adressa un signe de tête, mais sans se hâter au-devant de nous, car il achevait de donner quelques instructions à ses deux acolytes. Phillis lui ressemblait plus qu'à sa mère. Il était comme sa fille, de haute stature ; on devinait le même teint sous le hâle qui couvrait ses joues, et la même nuance de cheveux tempérée par une sorte de glacis argenté ; au demeurant un homme robuste, poitrine large, flancs évidés, tête bien posée, jarrets musculeux.

« Vous m'amenez sans doute le cousin Manning, dit-il à sa fille sans lui laisser l'ennui de la présentation… Attendez, jeune homme ! je vais passer un habit et vous souhaiter la bienvenue dans toutes les règles ;… mais auparavant écoutez, Ned Hall ; cette rigole devient indispensable, il faut que les eaux s'écoulent… Il y a aussi, — pardon, cousin Manning ! — il y a quelques poignées de chaume à remettre sur le toit du vieux Jem ; vous ferez cela demain, quand je serai enfermé dans mon cabinet. »

Puis changeant de ton, et avec cet accent particulier aux prédicateurs :

« Maintenant, ajouta-t-il, je vais entonner le psaume *Venez tous, chœurs harmonieux !* Il se chante sur l'air du *Mont Ephraïm.* »

Ceci dit, il leva sa bêche, transformée tout à coup en bâton de chef d'orchestre, et dont il se servait pour battre la mesure. Les deux laboureurs commencèrent l'air et les paroles en question. Phillis était aussi au courant ; moi seul restai bouche close. Deux ou trois fois ma cousine me regarda, un peu étonnée de mon silence. J'admirais malgré moi le tableau que nous composions ainsi groupés tous les cinq, la tête nue (sauf Phillis), au milieu de ce chaume noirci dont tous les tas de gerbes n'étaient pas enlevés, ayant d'un côté un bois sombre où gémissaient les ramiers, et de l'autre, par delà les frênes, les lointains bleuâtres de l'horizon vaporeux.

J'ai pensé quelquefois depuis que, si j'avais su le psaume et si j'avais essayé de le chanter, l'émotion du moment aurait paralysé ma voix.

Avant que je fusse bien remis de cette émotion, les deux laboureurs avaient disparu ; le ministre, passant les manches de son habit noir et reboutonnant aux genoux sa culotte courte (sur de gros bas de tricot gris dont je devinai facilement l'origine), le ministre me regardait avec bienveillance.

« Je présume, disait-il, que vous autres, messieurs des chemins de fer, vous ne terminez pas la journée par un psaume chanté en commun. Ce n'est pourtant pas si mal entendu. »

Je n'avais rien à répondre, et je ne répondis rien. J'admirais à part moi ce bel échantillon du clergé de campagne, tandis qu'il arpentait les guérets à grandes enjambées, d'une main tenant son chapeau, de l'autre celle de sa fille.

À certain moment, il s'arrêta devant je ne sais quel aspect subit du paysage noyé dans les lueurs ambiantes de cette belle soirée, puis, la tête tournée de mon côté, il récita deux ou trois vers latins auxquels je ne compris pas un traître mot.

« N'est-il pas singulier, ajouta-t-il, que Virgile ait trouvé des épithètes aussi exactes, il y a deux mille ans, et en Italie, pour décrire ce que nous avons présentement sous les yeux, à Heathbridge, comté de ***, Grande-Bretagne ?

— Certes, certes, » balbutiai-je tout penaud, et rougissant intérieurement de mon ignorance.

Le ministre regarda du côté de Phillis, qui, sans dire un mot et par un simple jeu de physionomie, lui prouva qu'elle était en parfait accord avec la pensée qu'il venait d'exprimer.

« C'est pire que le catéchisme, » m'écriai-je intérieurement, presque indigné de me trouver ainsi convaincu d'infériorité vis-à-vis d'elle.

À peine assis au coin du feu sur un siège triangulaire qui paraissait lui être spécialement affecté :

« Où est madame ? » demanda le ministre.

On voyait qu'elle l'avait habitué à se trouver là, chaque fois qu'il rentrait au logis, pour lui manifester par un regard, un geste, un mot quelconque, le plaisir qu'elle éprouvait à le revoir. La minute d'après, elle était à son poste, souriante, attentive, et sans s'inquiéter de ma présence son mari lui rendit compte des travaux de la journée.

« Çà, dit-il par manière de conclusion, je vais me mettre sur un pied plus convenable, et afficher ma « *Révérence.* » On servira le thé au salon. »

IV

Le salon, rarement pratiqué, avait pour tout décor un tapis de feutre ouvragé de tapisserie (travail domestique bien évidemment) qui occupait seulement le centre du parquet, plus deux ou trois portraits de la famille Holman, produits primitifs d'un art au berceau ; — entre les fenêtres, sur un guéridon appliqué au mur, un grand pot de fleurs ayant pour base la Bible in-folio de Matthew Henri.

C'était par égards pour moi qu'on s'installait ainsi dans cette espèce de sanctuaire, et Dieu sait pourtant si j'eusse préféré cette autre pièce, — moitié atelier, moitié cuisine, — où le feu de bois flambait à l'aise dans une cheminée moins exactement noircie, frottée, nettoyée, où le four s'ouvrait tout à côté de l'âtre, où le dîner cuisait à deux pas et sous les yeux des convives, et dont le principal meuble était un jeu de galet en chêne poli, surmonté de corbeilles à ouvrage, toujours un peu trop pleines.

Un seul rayon, courant le long du mur, servait à poser quelques livres, des livres d'usage quotidien et non d'apparat. Il m'arriva plus d'une fois d'en prendre un au hasard, quand je me trouvais seul dans cette grande pièce commune. C'était un Virgile, un César, voire une grammaire grecque, et sur la garde de chaque volume, hélas ! l'oserai-je dire ? — le nom de Phillis Holman, de cette Phillis que je venais de voir l'instant d'avant tranquillement assidue à son ouvrage, ses longs cils noirs abaissés sur ses yeux, et ses cheveux dorés bouclant sur ce beau cou d'un blanc mat, qui de loin semblait un fût de marbre.

Ses livres me faisaient peur, et me la rendaient plus imposante que je ne saurais dire ; mais revenons à cette première soirée.

Après le thé, pris en cérémonie, nous revînmes, le ministre et moi, dans la salle basse où il pouvait fumer à son aise, sans dommage pour les rideaux de damas brun qui ornaient le salon. Il avait « affiché sa Révérence » en roulant autour de son cou une de ces vastes cravates blanches que j'avais déjà vues sous les fers à repasser de la chère tante, et, bien qu'il tint ses yeux fixés sur moi, je ne suis pas très-certain qu'il me regardât beaucoup. En revanche, il me questionnait sans relâche, écartant sa pipe de temps en temps pour en secouer les cendres.

Tant qu'il fut question de ce que j'avais pu apprendre, des livres que j'avais lus, etc., je ne me sentis pas à mon aise un seul moment, et je présume que mes réponses n'eurent rien de très-catégorique ; mais quand il aborda la question « chemins de fer, » je me retrouvai sur mon terrain, d'autant mieux que ma besogne quotidienne me tenait au cœur, et que je m'en occupais avec une sorte de passion, M. Holdsworth exigeant de tous ceux qui travaillaient sous ses ordres qu'ils eussent ce qu'il appelait le « feu sacré. »

Tout en répondant de mon mieux à l'interrogatoire du ministre, je ne pus m'empêcher de remarquer la suite logique, la pertinence de ses questions. Il ignorait, cela va sans le dire, une foule de détails techniques ; mais, une fois maître de quelques prémisses, il en déduisait admirablement bien les conséquences nécessaires.

Phillis, — qui lui ressemblait au moral comme au physique, — levait de temps en temps la tête de mon côté, s'efforçant de me comprendre. Je m'en apercevais bien, et peut-être me donnais-je plus de peine, à cause de cela, pour ne me servir que des expressions les plus claires et mettre dans mes explications l'ordre le plus méthodique.

« Elle verra, me disais-je, qu'on peut savoir quelque chose, alors même qu'on ne s'est pas farci la tête de ces vieux idiomes défunts depuis tant de siècles. »

— Allons, finit par dire M. Holman, je commence à m'y connaître. Vous avez une bonne tête, enfant, n'importe d'où elle vous vienne.

— Elle me vient de mon père, répondis-je fièrement. Vous devez connaître son *propulseur*… La gazette en a parlé. Nous avons le brevet… Se peut-il que personne ignore l'existence du fameux rouage-Manning ?

— Sauriez-vous me dire, mon garçon, le nom de celui qui inventa l'alphabet ? répliqua mon hôte en replaçant sa pipe entre ses lèvres à demi souriantes.

— Ma foi non, répondis-je, mais ceci remonte un peu à loin.

Trois bouffées de pipe avant que l'entretien continuât, il me parut que mon interlocuteur s'amusait de ma vanité filiale.

« Votre père doit être un homme notable, reprit-il enfin. J'ai, en effet, quelque idée de l'avoir entendu nommer, et il est rare qu'une réputation quelconque, si elle ne s'est pas faite dans un rayon de cinquante milles, parvienne jusqu'à Heathbridge.

— Il a bien le droit de prendre en main la cause de son père, » fit observer la tante Holman comme pour m'excuser.

Ceci m'impatienta plus que tout le reste. Mon père se défendait bien tout seul, à mon avis. J'allais exprimer cette pensée quand le ministre, avec une parfaite placidité :

« Sans doute, sans doute, dit-il posément, on a toujours raison quand on obéit à l'inspiration du cœur. Je crois d'ailleurs, en fait, que l'enfant a raison… Tiens, ajouta-t-il, je voudrais connaître ton père. »

Ceci m'était dit avec toute la franchise d'une affectueuse familiarité ; mais j'étais encore froissé, je n'y pris pas garde. Le ministre, qui venait d'achever sa pipe, sortit à l'instant même, et Phillis presque aussitôt le suivit. Elle vint se rasseoir une ou deux minutes après.

Quelque temps s'était écoulé sans que j'eusse encore tout à fait digéré l'espèce d'affront que je croyais avoir subi, quand le ministre, rouvrant la porte par laquelle il était sorti, me fit signe de venir le trouver.

À travers un étroit corridor, je parvins dans un petit réduit de dix à douze pieds carrés, ayant à la fois l'aspect d'un comptoir et d'un cabinet de travail, où se coudoyaient dans le plus pittoresque désordre une table à écrire assis, un bureau à la Tronchin, deux corps de bibliothèque, l'un — le plus grand — empli de vieilles Sommes théologiques, l'autre d'ouvrages spéciaux sur l'agriculture, le drainage, l'élevage des bestiaux, les fumiers et tout ce qui s'ensuit. En outre, sur les murs blanchis à la chaux, s'étalaient toutes sortes de *memoranda* fixés par des pains à cacheter, des épingles, des clous, tout ce qui s'était trouvé à portée de la main ; par terre, une boîte d'outils de menuiserie ; sur le bureau, des paquets de notes sténographiées.

Comme j'entrais il se tourna vers moi, riant à moitié :

« Cette petite fille prétend que je vous ai blessé. » — Il posa sur mon épaule sa main robuste. — « Aurait-elle raison par hasard ? Ce qui est dit à bonne intention ne doit-il pas être pris de même ? »

Je ne sais ce que je balbutiai, vaincu par tant de bonhomie.

« Bravo, continua-t-il sans me laisser l'embarras de conclure, je vois que nous nous entendrons très-bien, vous et moi. C'est un privilége rare, savez-vous, que d'être admis en ce capharnaüm ; mais que voulez-vous ? j'en suis réduit à implorer votre assistance pour éclairer certains passages d'un livre que j'étudie depuis ce matin. Figurez-vous que j'avais souscrit aux sermons de mon collègue Robinson, et le libraire, par mégarde, m'a fait passer en même temps ce Traité de mécanique. Les sermons m'ayant paru un peu… enfin, n'insistons pas là-dessus… je me suis décidé à garder le tout. J'en serai quitte pour faire durer quelques mois de plus mon habit noir à queue de morue. »

Ce n'était point un livre commode que celui dont il parlait ainsi ; certaines démonstrations mathématiques des plus ardues, compliquées d'une technologie surabondante, le rendaient difficile à comprendre. Les premières m'eussent embarrassé, mais il s'en tirait à merveille, et n'avait à me demander que la traduction d'une foule de mots nouveaux pour lui, pour moi d'un usage quotidien. Nous nous entendîmes donc très-bien, ainsi qu'il l'avait pressenti.

Doué d'un remarquable appétit scientifique, il portait à table des dispositions tout aussi vaillantes ; on voyait cependant qu'elles étaient maintenues en bride et soumises à une règle très-nettement définie.

Après le souper, qui consistait en une tourte d'amples dimensions, le ministre frappant une fois la table de son couteau à découper, prononça cette formule sacramentelle :

« Maintenant ou jamais ! qui veut encore de ce gâteau ?… »

Et comme personne ne répondit, il frappa de même deux coups sur la table. Ce signal fit accourir Betty, qui emporta l'énorme plat du côté de la cuisine, où trois autres serviteurs, dont deux hommes, attendaient aussi leur repas. Derrière elle, on ferma la porte.

« Ceci, me fit remarquer la tante, ceci est en votre honneur. Ordinairement la porte reste ouverte, et le ministre s'entretient avec les gens de sa maison tout aussi volontiers qu'avec moi ou Phillis. »

Vint, quand les domestiques eurent mangé, la prière du soir, une prière improvisée, à bâtons rompus, et que j'aurais difficilement comprise, si un commencement d'expérience ne m'eût aidé à deviner les sous-entendus de ces invocations sans lien saisissable. Je fus un peu étonné d'entendre prier « pour le bétail et pour toute créature vivante, » et je conviendrai naïvement que cette formule inusitée me tira d'une sorte de somnolence où je m'étais engourdi à la longue.

Le plus curieux de cet incident reste encore à dire. Toujours agenouillé, toujours les mains jointes, et s'adressant à son valet de charrue, également agenouillé, qui tourna la tête au premier appel :

« John, lui dit le ministre, as-tu veillé à ce que Daisy eût aujourd'hui sa ration de breuvage chaud ? — deux quarts de gruau, tu sais, John, avec une cuillerée de gingembre et une roquille de bière. — Cette pauvre bête en a besoin, et je crois avoir omis de te le rappeler… Allez donc invoquer la bénédiction du ciel quand vous omettez les soins que vous devez prendre ! » ajouta-t-il à demi-voix, et comme se parlant à lui-même.

Il m'avertit, au moment où nous nous quittons pour la nuit, qu'il ne me verrait guère pendant les trente-six heures dont j'avais encore la libre disposition, attendu que le samedi et le dimanche appartenaient exclusivement à ses paroissiens. Je m'en consolai en songeant que je me trouverais ainsi plus à même de faire ample connaissance avec ma tante et ma cousine, espérant bien que celle-ci ne persisterait pas à me chercher noise au sujet des langues mortes.

« D'ailleurs, me disais-je avant de m'endormir, je prendrai les devants, et au lieu de lui laisser l'initiative, je questionnerai moi-même. Le choix des sujets ainsi me restera. »

V

Je m'éveillai de bonne heure et pensais être le premier debout. Lorsque je descendis, cependant, tout le monde avait déjeuné. Un grand bol de soupe au lait m'attendait sur le fourneau. La maison était vide, chacun ayant déjà commencé sa besogne.

Phillis rentra la première, un panier sous le bras, et fidèle à mes projets arrêtés de la veille :

« Qu'avez-vous là dedans ? » lui demandai-je.

Or le panier n'était pas couvert, et le contenu me crevait les yeux. Elle me regarda fort ébahie, puis avec un sang-froid parfait :

« Ce sont des pommes de terre, me répondit-elle.

— Allons donc, lui dis-je à mon tour, ce sont des œufs. Pourquoi vouloir me le cacher ?

— Et pourquoi me demander ce que vous savez comme moi ? » répliqua-t-elle un peu vivement.

Nous n'étions pas, à ce moment-là, très-bien disposés l'un pour-l'autre. Je me décidai à être tout à fait franc.

« Je voulais vous parler, lui dis-je, et en même temps éviter que les livres fussent, comme hier, le sujet de notre conversation. Je n'ai pas autant lu que le ministre, je n'ai pas autant lu que vous.

— Hélas ! s'écria-t-elle, nous ne lisons guère ni l'un ni l'autre… Mais enfin vous êtes notre hôte, et ma mère assure que je dois chercher à vous rendre la maison agréable. Donc, nous ne parlerons pas de livres. De quoi parlerons-nous, je vous prie ?

— Je n'en sais rien. Quel âge avez-vous ?

— Dix-sept ans depuis le mois de mai. Vous-même, quel âge avez-vous ?

— Dix-neuf ans, deux ans de plus que vous, ajoutai-je en me redressant un peu.

— Je ne vous en aurais pas donné plus de seize, » reprit-elle avec une implacable sérénité.

Je l'aurais battue. Un silence s'établit.

« Qu'allez-vous faire ? demandai-je ensuite par manière d'acquit.

— Les chambres, répondit-elle de même. Cependant, ma mère veut que je me mette à votre disposition pour vous promener et vous distraire. »

Ceci fut articulé avec un accent presque plaintif. Il ne tenait qu'à moi de penser que le rangement des chambres était, aux yeux de Phillis, la plus facile et la plus attrayante des deux alternatives.

« Voulez-vous me conduire aux étables ? J'aime les animaux, bien que je ne m'y connaisse guère.

— Ah ! vraiment ? Eh bien ! tant mieux. Je craignais que, n'aimant déjà point les livres, les animaux ne vous fussent indifférents. »

Évidemment elle ne pensait pas que nous eussions le moindre goût en commun.

Nous parcourûmes ensemble la cour de ferme. Phillis était vraiment fort agréable à voir lorsque, s'agenouillant et leur offrant son tablier chargé de grains, elle invitait à venir jusque sur elle les petits poussins timides, encore habillés de duvet, que la mère poule surveillait avec une certaine anxiété. Elle appela les pigeons, qui battirent des ailes sur le bord des toits, au son de cette voix connue. Nous passâmes en revue les grands chevaux de trait, dont les croupes lisses et les crinières bien peignées faisaient plaisir à voir. Nous n'avions ni l'un ni l'autre une grande sympathie pour le verrat et sa postérité ; en revanche, les petits veaux au mufle humide mangèrent dans nos mains, et Daisy, la vache malade, reçut d'un air digne les caresses que nous lui prodiguions. Nous allâmes ensuite au pâturage admirer le reste du troupeau, et nous ne revînmes que pour dîner, affamés, crottés à plaisir, ayant tout à fait oublié l'existence des langues mortes, — par conséquent les meilleurs amis du monde.

VI

La mère et la fille s'étaient mises au travail. Sur la requête de ma tante, je leur lisais tout haut la feuille hebdomadaire du comté. Mon attention était, j'en conviens, ailleurs qu'à cette lecture insipide. Je songeais à la teinte dorée des cheveux de Phillis, éclairés sur sa nuque par un favorable rayon de soleil, — au silence qui emplissait la maison et que le tic-tac monotone de la vieille horloge interrompait seul, — aux exclamations inarticulées par lesquelles mistress Holman témoignait ou de son étonnement, ou de sa sympathie, ou de son horreur, selon la nature des récits que je lui débitais avec la plus entière indifférence.

Le chat ronronnait, ramassé sur lui-même, au coin de la natte placée devant l'âtre, et, comme absorbé dans la monotonie de ma propre voix, je perdais peu à peu la notion de l'espace et du temps. Il me semblait que j'avais toujours vécu, que je vivrais toujours comme en ce moment, lisant tout haut dans cette grande pièce pleine de calme et de soleil.

Betty parut enfin sur le seuil de la cuisine, et du doigt appela Phillis, qui, repliant son ouvrage, sortit immédiatement. Après une minute ou deux, je regardai du côté de la chère tante. Son menton touchait sa poitrine, et je m'assurai qu'elle était profondément assoupie. Je suspendis ma lecture inutile, et, posant le journal à côté de moi, j'allais m'assoupir aussi, quand un souffle frais, m'arrivant en plein visage, me ranima tout à coup. Cette bouffée, d'origine invisible, avait entr'ouvert la porte de la cuisine, incomplètement assujettie par Phillis, et je vis ma cousine, assise près du dressoir, occupée à peler des pommes.

Elle s'acquittait avec sa dextérité habituelle de cet humble travail ; pourtant elle détournait rapidement la tête, deux ou trois fois par minute, afin de jeter un coup d'œil rapide sur un volume ouvert à côté d'elle. Une inspiration de curiosité soudaine me fit quitter ma chais à petit bruit, et, avant que Phillis pût s'en douter, j'étais derrière elle, lorgnant à la dérobée, par-dessus son épaule, ce volume suspect. Il était écrit dans une langue inconnue pour moi, et le titre courant lui-même ne me disait pas grand'chose : — *Inferno*, ce devait être quelque chose d'infernal, mais encore ?

Au moment où je cherchais à raisonner ainsi mes conjectures, Phillis se tourna, m'aperçut, et sans aucune sorte de surprise, continuant tout haut sa pensée :

« Mon Dieu ! me dit-elle en soupirant, comme tout cela est difficile ! Pourriez-vous me venir en aide ? ajouta-t-elle en posant son doigt au-dessous du vers qui l'embarrassait.

— Qui cela, moi ? non vraiment. Je ne sais pas même en quel langage le livre est écrit.

— Comment, vous ne voyez pas que c'est Dante ? répliqua-t-elle avec une sorte d'impatience et comme désappointée de se voir refuser l'assistance dont elle avait besoin.

— En ce cas, ce doit être de l'italien, répondis-je sans être tout à fait certain de tomber juste.

— C'est de l'italien, et je ne puis m'en tirer toute seule. Mon père, avec son latin, m'explique pas mal de difficultés ; mais il a si peu de temps à lui !

— Vous n'en avez guère non plus, vous qui faites deux choses à la fois.

— Ces pommes, voulez-vous dire ? Ce n'est pas cela qui m'embarrasse… Ah ! si vous saviez l'italien !

— Je ne demanderais pas mieux, m'écriai-je, entraîné par son impétueux désir. Pourquoi M. Holdsworth n'est-il pas ici ?…

— Qui donc est M. Holdsworth ? » demanda Phillis levant les yeux sur moi.

Ici, mon culte enthousiaste, mêlé de je ne sais quel orgueil impersonnel, se donna pleine carrière.

« C'est notre ingénieur principal, répondis-je en me rengorgeant ; un homme tout à fait supérieur ! Aucune science ne lui est étrangère. »

N'était-ce pas quelque chose, pour un ignorant, que de connaître intimement un savant de cet ordre ?

« Comment se fait-il qu'il parle italien ? reprit ma cousine.

— Il a travaillé aux chemins de fer du Piémont, et le Piémont, je crois, est en Italie. Je lui ai entendu dire que, pendant deux années entières, il n'avait eu à sa disposition que des livres italiens.

— En vérité ! s'écria Phillis. Que je voudrais donc !… »

Comme elle n'achevait pas sa phrase, je pris sur moi de traduire la pensée qu'elle hésitait à exprimer. Toutefois ce ne fut pas sans une sorte de répugnance involontaire.

« Désirez-vous que je le consulte, en votre nom, sur ce passage que vous ne comprenez pas ?

— Non, répondit-elle après avoir pris le temps de la réflexion. Non, je crois que cela ne se doit pas. C'est égal, je vous remercie de l'intention. Maintenant allez-vous-en. J'ai le gâteau à préparer pour demain dimanche.

— Ne puis-je rester et vous aider ?

— M'aider ? je ne pense pas. Restez, pourtant, je le veux bien. Vous avoir là ne me déplaît point. »

Cet aveu dépouillé d'artifice me flattait d'une part, et de l'autre il me contrariait quelque peu. J'étais charmé que ma société fût agréable à Phillis ; mais, avec la coquetterie de mon âge, j'aurais bien voulu me poser en amoureux, et j'étais assez avisé pour comprendre que vis-à-vis d'un amoureux elle ne se serait pas exprimée avec autant d'abandon.

Il fallut se consoler, comme le renard du fabuliste, en trouvant les raisins trop verts. Que faire d'une grande fille en tablier à manches, ayant la tête de plus que moi, lisant des ouvrages dont je n'avais jamais ouï parler, et s'y intéressant plus qu'à n'importe quelle créature de mon sexe ?

À partir de ce moment, je cessai de regarder Phillis, dans le secret de mes pensées, comme la reine future de mon cœur et de ma vie ; mais nous n'en fûmes que meilleurs amis, par cela même que cette préoccupation gênante se trouvait à jamais supprimée.

Le même soir, quand le ministre revint de sa tournée pastorale, il était assez mécontent. Presque tous ses paroissiens, plus soucieux de leurs affaires temporelles que de leur salut, s'étaient trouvés hors de chez eux. Quant aux paroissiennes, elles avaient profité de la visite du pasteur pour arborer leurs plus beaux atours.

« Comme s'il fallait tant de broderies et d'affiquets pour écouter la parole sainte ! grommelait M. Holman. Loué soit Dieu, ma bonne Phillis, pour, ne t'avoir pas donné ce goût de parure ! »

Ma cousine, ici, rougit légèrement, et d'une voix humble :

« J'ai bien peur, dit-elle, de n'en être pas tout à fait exempte. Les beaux rubans des demoiselles de la ville me font quelquefois envie.

— C'est tout simple, ajouta aussitôt mistress Holman. Moi-même, ministre, je préfère les robes de soie aux robes de cotonnade.

— L'amour de la parure est une tentation et un piège, dit le pasteur, gardant un air grave. À propos, reprit-il soudain, nous en avons tous, des tentations. Je voudrais, ma bonne amie, que vous fissiez transporter mon lit dans la chambre grise.

— Y pensez-vous ? déménager ainsi, à cette heure, pourquoi cela ?

— Regardez, répondit-il en lui montrant son menton sillonné de deux ou trois estafilades. Je me coupe ainsi tous les matins, et cela par suite des efforts que je fais pour ne pas m'emporter en voyant notre malheureux Timothy entasser négligence sur négligence, maladresse sur maladresse. Que voulez-vous ? c'est plus fort que moi.

— Le fait est, fit observer mistress Holman, qu'on vit rarement plus de paresse et plus d'inintelligence. Il ne vaut pas le pain qu'il nous mange…, et si vous vouliez…

— Quoi ? le renvoyer !… Songez donc qu'il s'agit d'une espèce d'idiot ; songez que cet idiot a femme et enfants. Que deviendrait toute cette famille ? Jamais il ne trouverait une autre place : force nous est de le garder ; mais je ne veux plus me raser à une fenêtre donnant sur la cour où il travaille. Quelque beau matin, dans une crispation, je me couperais la gorge. Il faut donc aller habiter la chambre grise. »

De cette seconde visite à Heathbridge, voilà presque tous les souvenirs que j'ai gardés ; n'omettons pas cependant l'office du dimanche matin, où la famille se rendit en corps.

Le ministre nous précédait, les mains derrière le dos, la tête penchée, songeant au discours qu'il allait prononcer. Je ne pus m'empêcher de remarquer les témoignages de respect que lui donnaient les personnes de toute condition, riches ou pauvres, et auxquelles il ne répondait que par un geste de main, sans jamais échanger le moindre propos avec n'importe qui.

Quant à Phillis, plus d'un regard d'admiration jeté sur elle par les jeunes gens que nous venions à rencontrer me la fit regarder aussi. Elle avait une robe blanche, un mantelet de soie noire selon la mode d'alors, plus un chapeau de paille décoré de rubans bruns. Ce qui manquait au costume, en fait de couleurs, était amplement compensé par le rose vif dont la marche avait animé ses joues et par l'éclat de ses yeux, dont le blanc même avait je ne sais quelle teinte bleuâtre ; ses longs cils noirs, dont je crois avoir déjà parlé, ajoutaient quelque profondeur à leur expression, d'ailleurs calme et sereine. Elle avait travaillé de son mieux à lisser ses cheveux d'or, rebelles néanmoins aux morsures du peigne, et bouclant en dépit de toute contrainte.

Si Phillis ne prenait pas garde aux hommages muets que lui attirait sa beauté naissante, la tante Holman, elle, s'en apercevait de reste. Sa physionomie, naturellement si paisible, m'apparut ce jour-là sous un nouvel aspect, fière et farouche tout à la fois, — heureuse de voir sa fille admirée, et pourtant hostile aux admirateurs, — enchantée qu'on la sût commise à la garde d'un trésor, mais bien décidée à ne pas se relâcher un seul instant de la surveillance la plus stricte.

Y avait-il quelque arrière pensée de ce genre dans l'espèce d'hésitation avec laquelle mes parents m'invitèrent à revenir chez eux lorsque j'en aurais le loisir ? Question délicate, mais sans importance pour le lecteur, qui sait là-dessus à quoi s'en tenir. Je revins donc toutes les fois que M. Holdsworth n'y voyait pas d'inconvénient, et ces parents retrouvés, auxquels je m'attachai bien vite, ne firent cependant aucun tort dans mon cœur à l'affection respectueuse qu'il avait su m'inspirer. Il y a pour la jeunesse tant de façons d'aimer et tant de richesses à dépenser en ce genre !

Je souris quelquefois en songeant aux peines que je me donnais pour faire apprécier M. Holdsworth par les hôtes d'Heathbridge, et pour expliquer à mon jeune patron le charme de cette existence laborieuse et sanctifiée qu'on menait chez le digne pasteur. Pendant tout l'automne, j'allais au moins une fois par mois y passer la journée du samedi, et je n'eus à noter qu'un seul changement aux usages de la maison, changement dont je fus peut-être seul à m'apercevoir. Phillis cessa peu à peu de porter des tabliers à manches. De plus, la robe de cotonnade bleue, vers la fin de la saison, fit place à une robe de mérinos brun. — Ce fut tout ; c'était quelque chose.

VII

Vers la Noël, mon père me vint voir. Il voulait aussi consulter M. Holdsworth sur quelques changements à introduire dans la construction intérieure du fameux « propulseur-Manning. » On sait déjà que notre jeune chef professait pour mon père une estime toute particulière ; elle datait de l'apprentissage de M. Holdsworth dans la grande fabrique de machines où mon père était employé. Le premier me parlait du second comme ayant en matière d'inventions mécaniques un génie naturel analogue à celui de George Stephenson.

C'était pour moi chose flatteuse que de voir ce beau jeune homme, si bien mis, si bien disant, garder une attitude de véritable déférence vis-à-vis de mon pauvre père, dont les habits de fête ne ressemblaient en rien aux vêtements à la mode, et dont les mains calleuses, d'une noirceur invétérée, défiaient l'action de tous les savons imaginables. Ils ne parlaient, pour ainsi dire, pas la même langue, et la prononciation méridionale de M. Holdsworth contrastait avec le rude accent du Nord que mon père avait irrévocablement contracté ; mais ils marchaient de pair, et, s'appréciant à merveille, se faisaient mutuellement valoir.

De même, en vingt-quatre heures, s'entendirent mon père et le ministre, car, tout occupé qu'il était, l'auteur de mes jours ne crut pas pouvoir se dispenser d'aller remercier nos parents pour le bon accueil dont ils m'avaient honoré. On l'avait invité, d'ailleurs, et il passa toute une journée à la ferme.

Jamais on ne pratiqua l'enseignement mutuel avec une pareille ardeur. Mon père voulut voir tous les champs, se faire expliquer tous les assolements, toutes les méthodes, l'agencement des étables et des bergeries, l'installation des fumiers. Je le vois encore tirant à chaque minute son petit agenda, où il inscrivait d'ordinaire ses calculs, ses diagrammes cabalistiques, pour y noter ou les signes auxquels on reconnaît une bonne vache litière, ou les proportions d'azote contenues dans telle espèce de guano artificiel.

Certain hache-navets fut l'objet d'un examen critique poussé à fond ; cet instrument reposait, suivant mon père, sur des données fausses. Il fallait le modifier ou plutôt le refaire.

Il prit, à ces mots, un morceau de charbon dans la cheminée, et le voilà traçant des lignes dans tous les sens sur le dressoir de bois blanc que mistress Holman mettait un véritable point d'honneur à préserver de toute souillure. Le ministre, attentif, ne sourcillait pas ; mais sa ménagère suivait l'opération avec une inquiétude manifeste. Je la vis extraire un plumeau du tiroir où il était caché pour s'assurer, sans faire semblant de rien, que les traces du charbon n'étaient pas indélébiles.

Phillis, digne fille de son père, écoutait accoudée, le menton sur la paume de sa main, et je crus saisir dans les regards que sa mère lui jetait par-ci par-là comme une ombre de jalousie. La femme en voulait presque à la fille de la supériorité d'intelligence que manifestait celle-ci, et qui la mettait de pair avec le chef de la famille.

Je m'aperçus en même temps que Phillis, sans y songer, faisait peu à peu la conquête de mon père. Elle lui posa deux ou trois questions parfaitement pertinentes d'où il résultait qu'elle avait parfaitement saisi jusque-là le train général de ses explications. Peut-être aussi n'était-il pas insensible au charme de sa personne, car il profita d'une absence momentanée de la jeune fille pour en faire à ses parents un éloge très-senti.

Je reporte à ce moment un projet dont il m'entretint, le lendemain, dans cette anguleuse mansarde où il m'avait casé.

« Paul, me dit-il tout à coup, je ne croyais guère m'enrichir jamais, et ce n'était pas le but de mes travaux. Voici pourtant ma nouvelle machine qui fait son chemin. Ellison, le propriétaire des *Borough Green works* est venu me proposer de l'exploiter en commun.

— M. Ellison, le juge de paix ? m'écriai-je abasourdi, celui qui loge dans *King-street*, celui qui roule carrosse ?

« — Oui, garçon, celui-là même. Ceci ne veut pas dire que je roulerai carrosse à mon tour, mais enfin si je pouvais épargner à votre mère la fatigue d'aller à pied… Bref, on m'offre un tiers, et je pense que cela pourrait marcher ainsi, car ce tiers représenterait au bas mot sept cents livres par an… Autre chose, Ellison n'a pas de garçon, et je ne vois pas pourquoi, dans un temps donné, la direction de l'affaire ne te reviendrait pas. Pour moi, cela vaudrait mieux que tout l'or du monde. Maintenant Ellison a des filles, mais toutes jeunettes, et qu'on ne songe pas à marier encore ; il n'est pas certain d'ailleurs qu'elles épousent des gens du métier… Dans tout cela, il y a de quoi te faire ouvrir l'œil… Je ne te vois pas les dispositions d'un inventeur ; mais ceci peut-être vaut mieux pour toi que si tu t'amourachais, comme cela m'arrive, de choses que tu n'as pas vues, que tu ne verras peut-être jamais… À propos, sais-tu que les parents de ta mère me conviennent à merveille ? Ce ministre est un homme selon mon cœur ; je l'aime déjà comme un frère. La mère Holman paraît une bonne créature, et je te dirai à la bonne franquette que Phillis Holman me va aussi très-bien… Je serais vraiment charmé le jour où tu me l'amènerais en me disant : Voilà votre fille ! Elle n'aurait pas un sou vaillant que ce serait exactement la même chose ; mais enfin il y a une maison, un domaine, et.. »

Je l'aurais laissé parler bien longtemps sans songer à l'interrompre, tant cette idée du mariage, — idée souvent caressée dans mes rêves de jeune homme, — prenant corps cette fois et servant de texte au discours paternel, m'avait ému et troublé. Ma confusion parut amuser mon père.

« Voyons, Paul, d'où vient cette rougeur ? Mes plans ont-ils le bonheur de te paraître acceptables ? »

Je pris rapidement mon parti, sachant que mon interlocuteur n'aimait guère les indécisions.

« En supposant que j'eusse du goût pour Phillis, lut dis-je sans hésiter, elle n'en aurait aucun pour moi. Je l'aime autant qu'on peut aimer une sœur, et je crois qu'elle m'aime aussi comme un frère… mais comme un frère cadet. »

La physionomie de mon père s'attrista un peu.

« Voyez d'ailleurs vous-même, continuai-je, combien cette jeune fille est peu femme, quelle intelligence sérieuse ! Pensez qu'elle sait le latin, qu'elle étudie le grec.

— Avec une maison pleine d'enfants, elle oublierait bien vite tout cela.

— Je veux être estimé, respecté de ma femme, et…

— Tu le seras, enfant, tu le seras, interrompit mon père, qui ne renonçait pas facilement à ses idées. Crois-tu donc qu'une femme mesure son estime à l'érudition de son mari ? Eh non certes non ! c'est à autre chose… Je ne sais comment cela s'appelle… Quand elle le voit résolu, de bon conseil, loyal, dévoué… Tout cela, tu le serais, mon garçon.

— Puis, objectai-je, m'entêtant à mon tour, je ne voudrais pas une femme plus grande que moi.

— Belle objection, quand il s'agit d'une si charmante fille ! On t'en donnera, des cheveux pareils, une si noble prestance, des yeux… des yeux qui vous lisent dans l'âme, une blancheur de lait, une bouche…

— Eh ! là, là, de qui parlez-vous donc avec cette ardeur singulière ? » s'écria M. Holdsworth, qui venait d'entrer sans que nous nous en fussions doutés le moins du monde, absorbés l'un et l'autre par le sujet de notre entretien. La réponse ne nous vint pas tout d'abord.

« Je parlais à Paul de l'offre Ellison, dit enfin mon père avec un certain embarras.

— Bonne affaire, répliqua Holdsworth en riant ; mais je ne lui savais pas un si beau teint, une bouche si ravissante…

— Peste soit de vos plaisanteries ! recommença mon père, plus embarrassé que jamais. Puis, comme il n'aimait à équivoquer sur rien : — Je disais aussi à Paul, continua-t-il, que, s'il voulait épouser Phillis Holman, je ne mettrais pas de bâtons dans les roues.

— La fille du ministre, n'est-il pas vrai ? Tiens, tiens, je ne savais pas qu'en laissant aller si souvent mon jeune collaborateur du côté de Heathbridge, je me faisais l'innocent complice du dieu d'amour.

Contrarié au dernier point de la tournure que prenait la conversation, je répétai ce que je venais de dire à mon père. Holdsworth me regardait avec une indulgence quelque peu railleuse.

« On peut bien pardonner, disait-il, en faveur d'une bouche si vermeille, un peu trop de littérature, un goût trop vif pour les choses de l'esprit… Mais ceci ne me regarde pas, et je vous demande pardon d'être venu me jeter au travers de votre conférence. Mon excuse est que j'avais à parler affaires avec M. Manning. »

Je me gardai bien de les écouter, — songeant à ce qui venait d'être dit au sujet de Phillis, et me demandant si une fille comme elle consentirait jamais à prendre un mari comme moi, — jusqu'au moment où j'entendis prononcer le nom de Holman. C'était mon père qui vantait à Holdsworth la vigueur d'esprit, l'énergie morale du digne ministre. La curiosité de son auditeur paraissait éveillée, car il me dit avec l'accent du reproche :

« Vous ne m'aviez jamais raconté, Paul, que votre oncle fût un homme si remarquable !

— Je ne le savais pas moi-même, répondis-je avec un reste de mauvaise humeur, et d'ailleurs vous ne m'auriez pas écouté comme vous écoutez mon père.

— Ceci est probable, répliqua-t-il, accompagnant cet aveu d'un de ces bons rires sympathiques par lesquels il savait clore nos petites querelles et qui en effaçaient chez moi jusqu'au plus léger souvenir. Je lui pardonnai immédiatement son intervention indiscrète et la confusion où m'avait jeté sa mauvaise plaisanterie.

Il avait une autre méthode, non moins certaine, de gagner mon cœur : c'était de me parler de mon père, comme lui seul savait en parler, avec une chaleur, une conviction d'enthousiasme qui me pénétraient de reconnaissance. Il admirait en lui non-seulement le mécanicien de génie, mais l'ouvrier fils de ses œuvres, le lutteur intrépide domptant les circonstances rebelles, arrivant de lui-même, sans aide, sans protection, à la science, à la renommée, à la fortune, et gardant malgré tout sa simplicité, sa bonté natives.

« Votre oncle me paraît de même calibre, ajouta-t-il. J'aimerais vraiment à le connaître.

— Rien de plus simple. On sera très-heureux de vous voir à Hope-Farm. On m'a même demandé, à plusieurs reprises, de vous y conduire. Seulement je redoutais pour vous l'absence de tout amusement.

— C'est trop de scrupule. Je vous y aurais accompagné très-volontiers. Pour le moment, je ne le saurais, même si vous me rapportiez une invitation, car j'ai ordre de me rendre dans la vallée de *** où la compagnie me charge d'étudier le terrain en vue d'un embranchement à construire. D'ici à quelque temps, je ne ferai qu'aller et venir. Vous me remplacerez ici, et, au point où en sont les choses, vous n'y aurez pas grand'peine. »

VIII

Ainsi dit, ainsi fait, et la visite à Hope-Farm se trouva du coup ajournée à quelques mois.

Notre ingénieur en chef les passa presque entièrement dans la vallée de ***, bien connue des paysagistes qui admirent ses pentes boisées, ses herbages humides, mais qui, profondément encaissée, semble n'admettre qu'à regret les rayons vivifiants du soleil. Dès quatre heures du soir, en plein été, l'ombre commençait à l'envahir. Holdsworth y prit sans doute le germe d'une fièvre lente qui, après l'avoir sourdement miné pendant les derniers mois d'automne, se déclara tout à fait au commencement de la nouvelle année. Il fut forcé de s'aliter pendant plusieurs semaines de suite. Une sœur qu'il avait, mariée à Londres, vint lui donner les soins nécessaires, et je restai chargé de la surveillance des travaux entrepris, en même temps que de l'exploitation de l'embranchement déjà terminé.

On comprendra que le loisir me manquait pour aller souvent à Hope-Farm. Je trouvai cependant le moyen d'y faire de temps à autre quelques rapides apparitions, toujours bien accueillies ; chaque fois on s'informait avec intérêt de l'ami dont la santé compromise me préoccupait si vivement.

Ce fut, je crois, au mois de juin qu'il se sentit assez rétabli pour rentrer à Eltham, où sa sœur le laissa, rappelée elle-même à Londres par une épidémie dont ses enfants avaient été atteints.

N'ayant vu jusqu'alors mon patron que dans la chambre d'auberge où la maladie était pour lui en quelque sorte un état normal, je ne m'étais pas fait une idée juste de l'ébranlement que sa constitution avait subi. Tout au contraire, une fois qu'il fut rentré dans son ancienne résidence, où je l'avais connu si actif, si beau parleur, si prompt à décider toute chose, je constatai un changement bien pénible pour l'affectueuse admiration que je lui avais vouée. Le moindre effort ou de corps ou de pensée le plongeait dans un profond abattement. On l'eût dit incapable ou de former aucun dessein, ou de réaliser ceux qu'il avait pu concevoir.

C'étaient là, je l'ai vérifié plus tard, les symptômes inévitables d'une lente et graduelle convalescence ; mais dans le moment je n'envisageai pas ainsi cet état de choses qui m'étonnait sérieusement, et c'est en ce sens que j'en parlai à mes bons amis de Hope-Farm, chez qui je trouvai immédiatement la meilleure et la plus active sympathie.

« Amenez-nous ce jeune homme, me dit le ministre. L'air de nos environs jouit d'une réputation proverbiale ; ce mois de juin est magnifique. Nous le promènerons parmi nos foins, et le parfum qu'ils exhalent vaudra mieux pour lui que tous les baumes des alchimistes modernes.

— Ajoutez, continua la tante Holman, sans presque laisser à son mari le temps d'achever sa phrase, ajoutez qu'il trouvera ici du lait et des œufs frais à discrétion. Daisy justement vient de vêler, et son lait vaut mieux que la crème de nos autres bêtes. Puis nous avons la chambre à papier tartan, où le soleil donne toute la matinée. »

Phillis ne disait rien, mais semblait, elle aussi, prendre à cœur ce projet hospitalier. Il me séduisait également. Je désirais qu'ils vissent mon ami, je désirais qu'il les connût ; je lui transmis donc, aussitôt que nous nous vîmes, la proposition de mes parents. C'était le soir, il se sentait fatigué ; l'idée de se transporter dans une maison étrangère ne lui souriait en aucune façon. Bref, il me refusa presque, à mon grand désappointement. Le lendemain ce fut tout autre chose il me fit ses excuses de s'être montré si peu gracieux, et m'annonça qu'il allait disposer toutes choses pour être à même de m'accompagner à Hope-Farm le dimanche suivant.

« Car, voyez-vous, ajouta-t-il en riant, je suis trop timide pour y aller seul. Cela vous étonne à coup sûr, vous qui m'avez connu un front d'airain ; mais cette sotte fièvre a fait de moi une véritable petite fille. »

Notre plan fut ainsi réglé : nous irions passer ensemble à la ferme l'après-midi du dimanche, et si l'endroit convenait à M. Holdsworth, il s'y installerait pour une dizaine de jours, s'occupant autant qu'il le pourrait de cette extrémité de la ligne, tandis que je le suppléerais de mon mieux à Eltham.

Lorsque je vis se rapprocher le moment de cette mutuelle présentation, une certaine inquiétude s'empara de moi. Le brillant Holdsworth se plairait-il dans cette famille aux mœurs si paisibles et si particulières tout à la fois ? Lui-même réussirait-il, avec ses façons à demi exotiques, et serait-il compris par mes bons parents ? Je me mis d'instinct à préparer les voies en lui faisant connaître le détail intérieur de la maison où il allait débuter.

« Manning, me dit-il, je crois m'apercevoir que vous ne me croyez pas assez vertueux de moitié pour réussir auprès de vos amis. Voyons, expliquez-vous franchement, ai-je deviné ?

— Ce n'est pas cela, répliquai-je avec une certaine hardiesse. Je vous crois très-vertueux et très-bon ; seulement je ne sais pas si vous êtes doué de la même espèce de vertu.

— Ce qui implique entre nous, — le sauriez-vous déjà, par hasard ? — plus de désaccord probable que s'ils étaient bons et moi… tant soit peu autre chose.

— Ceci me paraît de la métaphysique pure, et vous savez que la métaphysique ne vous vaut rien. Couchez-vous tranquillement, et faites-moi savoir à quelle heure vous voulez que nous partions.

— Au fait, c'est demain dimanche… Ma foi, mon ami, dormons d'abord, nous verrons demain comment la journée s'annonce, » me dit-il avec cette indécision, cette langueur caractéristiques auxquelles je le voyais en proie depuis quelque temps.

Mais le lendemain, au réveil, je ne reconnus plus l'homme de la veille. Le soleil brillait, la matinée était superbe ; il fallut s'habiller en deux temps, partir sans retard ; il semblait que le sol brûlât sous nos pieds. Je me demandais si nous n'arriverions pas un peu trop tôt, et si la tante serait flattée d'être surprise au milieu de ses préparatifs ; mais le moyen de tenir tête à mon impétueux, à mon impérieux compagnon ? Bref, quand nous arrivâmes à la ferme, la rosée brillait encore le long des sentiers, du côté que le soleil n'avait pas touché de ses rayons.

Le grand chien de garde, Rover, s'étirait paresseusement devant la porte close. Quand j'eus soulevé le loquet, il me regarda d'un air moitié amical, moitié méfiant. Dans la salle basse, je ne vis personne.

« J'ignore vraiment où ils peuvent être, dis-je à mon ami ; mais si vous voulez attendre ici, vous asseoir, vous reposer… — Allons donc ! quels toniques vaudraient cet air embaumé ? Sortons au contraire, on respire mal dans cette chambre… Mais où irons-nous ?

— À la recherche de nos hôtes ; Betty nous dira sans doute ce qu'ils sont devenus. »

Pendant que nous traversions la cour de ferme, Rover nous accompagnait majestueusement, comme pour remplir un devoir de sa charge. Betty, qui par ce beau temps faisait volontiers son ouvrage en plein air, était occupée à rincer les vases à lait dans un bassin d'eau de source. Elle nous apprit que ses maîtres, ne comptant sur nous que pour le dîner, étaient allés ensemble jusqu'au bourg voisin. Ils reviendraient certainement à l'heure où ils pensaient que nous devions arriver nous-mêmes.

« Et Phillis ? demandai-je pendant que Holdsworth se familiarisait avec Rover.

— Je l'ai vue passer il n'y a pas longtemps, dit Betty. Elle doit être dans le potager.

— Allons-y ! » s'écria mon compagnon, cessant de jouer avec le chien.

Le potager était peut-être la partie du domaine à laquelle on accordait le moins d'attention, et cependant il était plus soigné que jardins de ferme ne le sont en général. Il promettait en ce moment une riche moisson de légumes et de fruits. Une double bordure de fleurs courait le long des allées sablées. Le vieil espalier du nord était meublé d'assez beaux plants, et sur une pente du terrain qui aboutissait aux viviers s'étendait un vaste lit de fraisiers en pleine fleur. Coupant à droit angle l'allée principale, de longues rangées de pois parmi lesquelles j'aperçus Phillis, — qui elle-même ne nous avait pas encore signalés, — penchée en avant et faisant sa récolte.

Le bruit du sable criant sous nos pieds la fit bientôt se redresser, et, garant ses yeux du soleil qui l'éblouissait, elle nous reconnut aussitôt. Immobile pendant un moment, elle vint ensuite à nous lentement, un peu rouge, évidemment intimidée. Jamais ne l'avais vue ainsi.

« Voici M. Holdsworth, » lui dis-je quand nous eûmes échangé une poignée de main.

Elle leva les yeux sur lui, puis les baissa de nouveau, plus troublée que jamais par le salut solennel qu'il lui adressait en retirant son chapeau, — formalité presque inouïe à Hope-Farm.

« Si vous aviez écrit, me dit ma cousine, mes parents n'auraient pas eu le regret de se trouver absents au moment de votre arrivée.

— C'est ma faute, mademoiselle, interrompit Holdsworth. Il faut me pardonner une irrésolution qui est un des priviléges de mon état de santé. Je n'ai pu me décider à fixer d'avance l'heure de notre départ. »

Je ne sais si Phillis avait bien compris, mais il était assez palpable qu'elle cherchait, sans le trouver, ce qu'il fallait faire de nous. Il me sembla que je devais lui venir en aide. Je la priai de continuer sa petite moisson en lui offrant de l'aider, si elle voulait bien le permettre. Mon compagnon se hâta de proposer aussi ses services :

« À la condition, ajouta-t-il, que je pourrai croquer de temps en temps quelques-uns de ces appétissants petits pois.

— Vous le pouvez à coup sûr, Monsieur, mais nous avons là-bas un champ de fraises, et Paul vous y conduira, si vous voulez.

— Allons, allons, je vois qu'on se méfie de mes talents, reprit Holdsworth, et c'est vraiment bien à tort. Je tiens d'autant plus à me réhabiliter. »

C'était là un style de plaisanterie auquel Phillis n'était pas plus habituée qu'aux révérences du beau monde. Elle eût voulu se défendre de la méfiance qu'on lui imputait, mais, tout compte fait, elle préféra se taire.

Nous nous mîmes tous les trois à la cueillette. Au bout de cinq minutes, le jeune malade se vit réduit à demander grâce :

« J'avais trop présumé de mes forces, » nous dit-il, et ces simples mots donnèrent à Phillis un véritable remords.

— Comment ai-je pu consentir à vous laisser prendre cette fatigue ? Et vous, Paul, n'auriez-vous pas dû m'avertir ? Voilà qui est fini, rentrons bien vite ! »

Elle nous ramena ainsi vers la maison, où elle installa pour le nouvel hôte un ample fauteuil garni de nombreux coussins. Holdsworth épuisé s'y laissa tomber avec délices. Puis elle revint, apportant sur un plateau de l'eau et du vin, des gâteaux, du pain fait à la maison, du beurre à peine sorti de la baratte. Pendant que notre malade se restaurait et reprenait peu à peu bon visage, et tandis qu'il s'excusait en riant de la peur qu'il semblait nous avoir faite, elle le regardait avec une sorte d'anxiété ; mais aussitôt après, rendue à sa timidité naturelle, nous la vîmes se retirer du côté de la cuisine.

M. Holdsworth, à qui elle avait remis avant de s'éloigner ainsi, le journal du comté, n'essaya même pas d'en commencer la lecture. Ses bras s'affaissèrent sur ses genoux, ses yeux malgré lui se fermèrent, et je profitai du sommeil qui venait de l'envahir pour aller rejoindre ma cousine.

IX

Elle était assise sur un banc extérieur, entre la corbeille que nous avions remplie ensemble et un grand bol où ses doigts agiles laissaient tomber les petits pois qu'elle retirait de leurs cosses. Rover, accroupi à ses pieds, envoyait de temps en temps aux mouches importunes quelque happement inutile. Sous prétexte de prendre part à la besogne, je m'assis à côté de Phillis, et j'abordai le sujet qui pour le moment me préoccupait le plus. Toutefois nous parlions presque bas, car les fenêtres étaient ouvertes, et nous ne voulions pas nous exposer à être entendus de l'hôte plus ou moins endormi.

« Comment trouvez-vous M. Holdsworth ? N'est-il pas aussi bien que je vous l'avais annoncé ?

— Oui... peut-être... je ne sais trop... c'est à peine si je l'ai regardé, répondit ma cousine ; mais n'a-t-il pas les airs d'un étranger ? J'aime assez, pour mon compte, qu'un Anglais garde les dehors auxquels on peut le reconnaître.

— Vous voulez parler de sa coiffure et de sa barbe ? Au fond, je crois qu'il n'y pense guère. Il assure qu'il s'est conformé en ceci aux usages du pays qu'il habitait, et une fois revenu en Angleterre, il aura trouvé plus simple de continuer.

— Il a eu tort. S'il se mettait en Italie, à l'unisson des Italiens, il devait, en Angleterre, reprendre les manières d'être nationales. »

Cette logique rigoureuse en vertu de laquelle on blâmait mon meilleur ami ne laissait pas de me déplaire. Je voulus changer de conversation, mais après quelques propos insignifiants :

« Vous devriez, me dit Phillis, aller voir comment se trouve M. Holdsworth. Qui sait s'il n'aura pas perdu connaissance ? »

Notre malade au contraire était sur pied, auprès de la fenêtre, et je me doutais bien qu'il nous observait du coin de l'œil

« C'est donc là, me dit-il, la bru que s'était choisie votre excellent père ? Avez-vous toujours les mêmes scrupules ? On ne l'aurait pas dit il y a un moment.

— Phillis et moi nous nous comprenons à merveille, et cela suffit, répliquai-je avec un peu d'humeur. Fussions-nous seuls au monde, elle ne m'accepterait pas pour mari, et je ne sais trop ce qui pourrait me faire songer à réaliser les vœux de mon père… Nous ne nous en aimons pas moins comme frère et sœur.

— Laissez-moi m'étonner, non de ce que vous vous aimez ainsi, mais que vous estimiez si difficile d'aimer autrement une aussi belle personne. »

Une belle personne !… Était-ce bien de Phillis qu'on parlait ainsi ? Pour moi, ce n'était qu'une jolie enfant, passablement gauche, et le souvenir du tablier à manches était inséparable du portrait que je me faisais d'elle quand je ne l'avais plus sous les yeux.

Par un mouvement machinal, prenant la position que M. Holdsworth venait de quitter, je me retournai pour contempler cette « belle personne » qui lui semblait si digne d'admiration. Elle venait d'achever sa tâche, et, debout, les bras en l'air, elle tenait hors de portée de Royer, qui bondissait autour d'elle, sa corbeille et son grand bol de faïence. Lasse enfin de lui disputer cette proie qu'en jouant il semblait vouloir ravir, elle l'écarta par une feinte menace, et juste au moment où elle le chassait ainsi loin d'elle, venant à se retourner, elle nous aperçut à la fenêtre, nous qui la regardions comme on regarde les statues.

Si elle fut honteuse, je vous le laisse à penser.

Elle s'éloigna rapidement, suivie de Rover, pour qui le jeu continuait encore, et qui dessinait en courant de grands cercles autour d'elle.

« J'aurais voulu pouvoir la dessiner ainsi, » me dit Holdsworth en retournant son fauteuil.

Mais deux minutes après, se relevant tout à coup :

« Un livre quelconque serait le bienvenu. N'en vois-je pas là-bas, sur ces planches ?... »

Et il se mit à lire les titres : « *Le Commentaire* de Matthew Henry,... *la Ménagère de campagne*,... *Inferno*... Dante ici ! s'écria-t-il avec la surprise la plus vive. Qui donc peut le lire ?

— Ne vous ai-je pas dit que c'était Phillis ? Le grec, le latin, elle sait tout…

— Au fait, c'est vrai. Je n'y songeais plus ; j'avais oublié ce curieux mélange des qualités de la femme pratique avec les instincts du savant en *us,* et l'embarras où ses questions vous jetaient lors de vos premières visites… Et ce papier, qu'y a-t-elle écrit ?… Ah ! les mots qui la gênaient, les expressions archaïques et hors d'usage. De quel dictionnaire se sert-elle ?… Il faudrait mieux que Baretti pour lui donner la solution de tous ces problèmes. Prêtez-moi votre crayon, je vais mettre ici regard les acceptions les plus usitées, ce sera toujours autant de moins à chercher. »

Ceci l'occupa un certain temps, et je le regardais écrire, songeant à part moi qu'il prenait là une liberté peut-être excessive. Pourquoi son zèle joyeux ne m'était pas agréable, je ne puis m'en bien rendre compte ; mais je fus tout heureux quand un bruit de roues et de voix vint interrompre son travail.

C'était mistress Holman qui rentrait dans la carriole d'un obligeant voisin. Je courus au-devant de ma tante, qui commençait à m'expliquer la cause de leur retour un peu tardif, quand se ravisant tout à coup :

« Ah ! çà, je ne vois pas M. Holdsworth. J'espère bien que vous n'êtes pas venu seul ? »

Au même moment, Holdsworth se montra, souriant à cette cordiale bienvenue, et cinq minutes ne s'étaient pas écoulées que de questions en questions, de recommandations en recommandations, ma tante et lui en étaient déjà aux deux tiers d'une véritable intimité.

Les choses ne se passèrent pas tout à fait de même lorsque, un peu plus avant dans la soirée, le ministre revint à son tour. Les hommes, quand ils se rencontrent pour la première fois, s'abordent en général avec des préventions légèrement hostiles. En cette occasion, pourtant, l'un et l'autre étaient disposés à tâcher de se plaire ; seulement ils appartenaient à deux catégories bien distinctes et qui se connaissent peu, ou pour mieux dire s'ignorent absolument l'une l'autre.

Aussi n'étais-je pas sans quelques appréhensions quand il me fallut quitter Hope-Farm, dans l'après-midi du dimanche, sous le coup du double travail qu'allait me donner l'absence momentanée d'Holdsworth, qui décidément passait la semaine chez ses nouveaux amis. Déjà trois ou quatre fois s'étaient manifestées chez ces deux personnages, — le ministre et l'ingénieur, — des dissidences d'opinion, des contradictions de langage et, de pensée qui me semblaient compromettantes pour l'avenir de leurs rapports mutuels.

Le mercredi, cependant, je reçus de mon ami un billet par lequel il me priait de lui envoyer plusieurs volumes dont il me donnait la liste, plus son théodolite et quelques autres instruments d'arpentage, qu'on pouvait aisément expédier à Heathbridge par notre chemin de fer. Je fis partir immédiatement cet envoi, qui ne laissait pas de former un colis assez considérable, et j'aurais voulu l'accompagner car j'étais fort curieux de savoir comment se comportaient les affaires de la ferme ; mais je ne pus réaliser ce vœu que le dimanche suivant.

X

Ce jour-là, Holdsworth vint au-devant de moi jusque Heathbridge. Il était tout différent de ce que je l'avais laissé, les joues hâlées et brunies, le regard brillant, la démarche ferme, et je dus lui en faire compliment.

« Oui, me dit-il, me voilà remis sur pied. L'envie de travailler m'est revenue. Cette semaine aux champs m'a fait grand bien.

— Et sans doute aussi grand plaisir ?

— Je vous en réponds. L'excellente vie, et combien je me trompais en redoutant la monotonie dont on l'accuse ! On ne s'ennuie jamais avec le ministre.

— Ah ! m'écriai-je soulagé, vous avez donc fini par vous convenir ?

— J'ai failli le mécontenter deux ou trois fois par quelques-unes de ces locutions outrées dont on se sert avec les gens de notre monde, sans, que cela tire à conséquence ; mais quand j'ai vu qu'elles choquaient ce digne homme, j'ai pris soin de veiller sur ma langue, et somme toute je m'en trouve fort bien. S'il est un exercice salutaire, c'est celui qui consiste à tâcher de rendre sa pensée par les mots les plus simples et les plus exacts, sans s'occuper de l'effet qu'on va produire.

— Vous êtes donc très-bons amis ?

— Pour ce qui me concerne, je puis vous le garantir. Jamais je n'ai rencontré pareille soif de science. Sur tout ce qui s'apprend par les livres, le ministre est bien autrement ferré que moi ; mais j'ai sur lui l'avantage d'avoir couru le monde et d'avoir vu bien des choses... À propos, n'avez-vous pas été surpris que j'eusse à faire venir tant de bouquins ?

— Je me suis dit, du moins, que vous ne vous reposiez guère.

— Oh ! tous ces livres n'étaient pas pour moi. Il y en avait que le ministre m'avait demandés, d'autres que je destinais à... à sa fille... Je ne l'appelle point Phillis, remarquez-le bien ; mais personne au monde, à ma connaissance, ne la désigne sous le nom de miss Holman.

— J'ai bien pensé que les ouvrages italiens étaient pour elle.

— Précisément ; on ne débute pas par le poème de Dante, encore une fois. Je lui ai fait venir *I promessi Sposi*, un roman de Manzoni...

— Un roman ! me récriai-je. Étiez-vous certain que le ministre approuverait des lectures de ce genre ?

— Ceci est un roman tout à fait inoffensif, une œuvre chaste et de bonnes tendances... Après tout, ils lisent Virgile, et Virgile n'est pas un des livres saints. Il ne faut pas non plus se créer des monstres. Quant à messer Dante, si elle veut encore se mêler de déchiffrer ses énigmes, elle aura au moins un bon dictionnaire.

— Et… a-t-elle trouvé cette liste de mots que vous aviez traduits pour elle…

— Sans doute, sans doute ; il en est résulté même… » continua-t-il avec un sourire ; mais il n'acheva pas sa phrase, et parut garder pour lui le souvenir agréable que révélait en partie sa physionomie subitement égayée.

Nous arrivions d'ailleurs à la ferme. L'accent de Phillis me sembla un peu plus affectueux qu'à l'ordinaire, et la tante Holman se montra la bonté même. Je compris, cependant, par une sorte de pressentiment que j'avais perdu ma place et que Holdsworth l'avait prise.

Il était au courant de tous les us et coutumes domestiques. Il avait pour la chère tante une foule de petites attentions filiales. Il témoignait à Phillis l'amicale condescendance d'un frère aîné ; rien de plus, je dois le dire, rien qui en différât le moins du monde. Ce fut avec une curiosité des plus vives qu'il m'interrogea sur nos affaires d'Eltham.

La tante nous écoutait.

« Je le vois, dit-elle, vous allez passer une semaine tout autre que celle-ci. Vous aurez du travail par-dessus la tête. Prenez garde de vous rendre malade. Il faudrait bien vous résoudre alors à venir encore une fois goûter de notre repos.

— Je n'ai pas besoin de retomber malade pour être tenté de recommencer une si douce existence. Je n'ai qu'une chose à craindre, c'est de récompenser vos bons soins par des assiduités que vous trouverez gênantes.

— À la bonne heure, nous verrons cela… En attendant, ne vous surmenez pas, et avalez tous les matins une bonne tasse de lait frais. Vous pouvez même y mêler une cuillerée de rhum, et cela, dit-on, n'en vaudra que mieux ; mais le rhum chez nous est une liqueur proscrite. »

Naturellement avide des renseignements que je lui apportais sur les exigences futures de cette vie active qu'il lui tardait tant de reprendre, Holdsworth ne me quittait plus. Je surpris, à certain moment, ma cousine qui me guettait de loin, épiant notre conférence avec un regard tout à la fois curieux et pensif ; mais à peine nos yeux s'étaient-ils rencontrés, elle se détourna promptement, comme pour me dérober la vue de son visage, tout à coup devenu pourpre.

Le même soir, j'allai au-devant du ministre, qui revenait de Hornby, et nous eûmes ensemble une conversation restée je ne sais comment dans ma mémoire. Pendant ce temps-là, tout à côté de la tante Holman assoupie sur son tricot, Holdsworth donnait à Phillis une leçon d'italien.

« Oui, très-décidément il me plaît, s'écria le ministre, à qui je parlais de son nouvel hôte. J'espère que cette sympathie n'a rien de blâmable, mais je me sens pris, en quelque sorte malgré moi. Et j'ai crainte par moments de me laisser entraîner au delà de ce qui est justice.

— En bonne vérité, répliquai-je, c'est un homme de mérite et un brave garçon. Mon père l'a jugé favorablement, et moi-même à présent je crois le connaître. Je ne l'aurais pas volontiers conduit ici sans la certitude où j'étais qu'il serait goûté par vous.

— Oui, reprit le ministre, cette fois avec une hésitation moins accentuée, il me plaît, et je lui crois de la droiture… Ses propos ne sont pas toujours assez sérieux, assez réfléchis, mais, en revanche, comme il est curieux à entendre ! Il ressuscite, en quelque façon, Horace et Virgile par tous les récits de son séjour au pays qu'ils habitèrent, et où maintenant encore, à ce qu'il prétend… Mais non, tout ceci vous grise. Je l'écoute, je l'écoute jusqu'à me laisser distraire de mes devoirs… Il me fait perdre pied. Tenez, pas plus tard que samedi soir, nous sommes restés jusqu'à minuit (un jour de sabbat !) à l'écouter parler de mille sujets profanes, bien étrangers aux préoccupations d'une pareille soirée. »

Nous arrivions, et la causerie n'alla pas plus loin ; mais, avant que l'heure fût venue de nous séparer, j'avais constaté que cette « prise » dont le ministre se plaignait, Holdsworth l'avait, à son insu et sans préméditation quelconque, sur toute la famille.

Quoi de plus naturel ? Il avait tant vu, tant fait, en comparaison de ces bonnes gens ! Ce qu'il avait vu, ce qu'il avait fait, il le racontait avec tant d'aisance et de simplicité ! Personne, à ma connaissance, ne l'égalait sous ce rapport.

Sans compter que son habile et rapide crayon était toujours là pour élucider ses récits et préciser ses souvenirs. Sur le premier chiffon de papier venu, il esquissait en quelques traits tantôt les procédés de puisage dans l'Italie du Nord, tantôt des charrettes de vendange, des attelages de buffles, tantôt l'arole des Alpes, ce pin que la roche semble nourrir, que sais-je encore ? mille curiosités imprévues.

Quand nous avions étudié ces dessins tout à notre aise, Phillis les rassemblait pour les emporter. On ne les revoyait plus.

Voici bien des années que nous sommes séparés, cher Edward Holdsworth ; mais de quel charmant compagnon tu m'as laissé le souvenir, — certes, et d'un brave homme aussi, malgré tous les chagrins qui nous sont venus de toi !

XI

Bien peu de temps après son rétablissement, M. Holdsworth m'accorda huit jours de congé qui me permirent d'aller voir mon père à Birmingham. J'y trouvai la nouvelle société du « propulseur-Manning » fonctionnant au gré d'un chacun, et ma mère déjà pourvue de quelques suppléments de bien-être que son mari s'était empressé de lui procurer. Je fus présenté à M. et à mistress Ellison, dont je vis alors pour la première fois la fille aînée, la jolie Margaret, — aujourd'hui ma femme.

De retour à Eltham, j'y trouvai en pleine voie d'exécution un changement déjà projeté depuis quelque temps, à savoir que nous nous transporterions à Hornby, M. Holdsworth et moi, l'achèvement de cette extrémité de ligne réclamant désormais nos soins assidus et notre présence quotidienne.

Ceci nous rendait infiniment plus commodes nos excursions du côté d'Heathbridge, et dès lors nos relations avec les résidents de Hope-Farm devinrent plus fréquentes. Une fois le travail du jour terminé, nous pouvions fort bien pousser à pied jusque-là, y jouir pendant une ou deux heures des senteurs embaumées du soir, et rentrer chez nous avant que le crépuscule d'été se fût complètement effacé.

Que de fois même nous serions restés plus tard dans cette fraîche demeure, — bien différente de l'étroit domicile que la ville nous offrait en perspective, et que je partageais avec mon chef, — si le ministre, pour qui se coucher et se lever de bonne heure étaient deux nécessitas corrélatives, ne nous avait amicalement renvoyés aussitôt après la prière du soir, « l'exercice, » comme il l'appelait.

Chaque fois que je pense à cette saison d'été, le souvenir de mainte heureuse journée se représente à moi, et je retrouve aisément l'ordre des incidents qui se succédèrent en les replaçant dans le cadre que les travaux quotidiens leur faisaient, car enfin je sais que la récolte du blé vient après la fenaison, et que la cueillette des pommes n'a lieu qu'après la rentrée du froment sous granges.

L'installation à Hornby nous prit assez de temps, et, tant qu'elle ne fut pas complète, les visites à Hope-Farm demeurèrent suspendues. Pendant mon séjour auprès de mes parents, M. Holdsworth y était allé une seule fois. Certain soir qu'il faisait fort chaud, il me proposa de partir à l'issue de notre besogne pour aller voir les Holman ; j'avais à terminer la lettre hebdomadaire que j'écrivais chez nous, et il se mit en route sans vouloir m'attendre, me laissant libre de l'aller rejoindre, si bon me semblait. C'est ce que je fis une heure plus tard, malgré une température écrasante qui m'obligea, je m'en souviens, à mettre habit bas pendant la plus grande partie du chemin.

La ferme, quand j'y arrivai, ouverte de tous côtés, était comme enveloppée de silence. Les moindres feuilles d'arbre demeuraient immobiles. Je me demandais s'il pouvait bien se trouver un être vivant au fond de cette habitation muette, quand j'entendis s'élever une voix aiguë et tant soit peu chevrotante : c'était celle de la chère tante Holman, qui, tout en tricotant sous un ciel nuageux, psalmodiait je ne sais quelle hymne.

Je lui rendis compte de ma dernière absence, je lui donnai sur la nouvelle situation de mes parents mille détails qu'elle écoutait avec un intérêt affectueux, et je finis par m'informer du reste de la famille.

« Tout le monde est aux prairies, me dit-elle. Le ministre assure que nous aurons de la pluie avant demain matin, et il veut que sa dernière botte de foin soit abritée d'ici là. Betty, nos hommes, tous s'y sont mis. Le ministre y a même conduit Phillis et M. Holdsworth, appelés, eux aussi, à donner leur coup de main. J'y serais bien allée, mais ce n'est pas précisément à faner que je suis bonne, et d'ailleurs il fallait bien que quelqu'un gardât la maison. Il y a tant de… vagabonds dans le pays. »

Au lieu du mot « vagabonds », si elle n'eût tenu à ménager ma susceptibilité, elle se fût servie du mot spécial de *navvies*, qui s'applique aux ouvriers nomades qu'emploient les chemins de fer. Je ne partageais aucunement ses appréhensions, et, lorsqu'elle m'eut permis de la quitter, suivant de point en point l'itinéraire qu'elle m'avait tracé, je traversai d'abord la cour de ferme ; puis, en longeant l'abreuvoir aux bestiaux, je gagnai le champ des frênes au delà duquel je devais rencontrer « la pièce du haut, » reconnaissable aux deux pieds de houx qui en marquent le point central.

J'y parvins, en effet, sans trop de peine, et j'y trouvai Betty, qui terminait, de concert avec deux autres ouvriers, l'entassement du foin sur un char énorme. Dans un coin de la prairie, on voyait un petit monceau de vêtements (car la chaleur, même à la fin du jour, était encore accablante), plus quelques cruches et paniers près desquels maître Rover, tout pantelant, montait une, garde assidue. Du reste, pas de ministre, pas de Phillis, et je ne voyais pas non plus M. Holdsworth.

Betty, devinant ce que je cherchais des yeux, étendit le bras vers la partie supérieure du champ. Je suivis la direction qu'elle me donnait ainsi, et, sur un large plateau communal, creusé, déchiré, sillonné en tous sens, — montrant çà et là, comme des plaies, ses tranchées de sable rouge, çà et là aussi, comme une étoffe d'or et de pierres précieuses, ses nappes de bruyères et de genêts en fleur, — j'aperçus, à quelques pas de la clôture, les trois personnes que je voulais rejoindre. Leurs têtes étaient groupées, fort près l'une de l'autre, autour du théodolite de Holdsworth. Ce dernier enseignait au ministre comment on obtient un niveau, comment on lève un plan.

Je fus requis, à peine arrivé, de tenir la chaîne et de prendre part à la leçon. Phillis n'y prêtait pas moins d'attention que son père. Tout au plus trouva-t-elle le temps de m'adresser un mot de bienvenue, tant elle craignait de perdre la moindre parcelle des explications fournies au ministre par le complaisant ingénieur.

Les nuages, cependant, devenaient de plus en plus noirs, et, durant les cinq minutes qui suivirent mon arrivée, allèrent épaississant toujours. Un éclair éblouissant ouvrit alors ses ailes de feu, et presque aussitôt un roulement de tonnerre annonça le début de l'orage. Il arrivait plus tôt que je ne l'avais prévu, plus tôt que les autres n'y comptaient. La pluie ne se fit pas attendre et tomba dès l'abord par torrents.

Où fuir ? où se réfugier ? Phillis n'avait sur elle que son vêtement habituel, — pas de chapeau, pas de châle, rien qui la protégeât le moins du monde. Holdsworth retira sa veste, qu'il roula comme il put sur les épaules et autour du cou de la jeune fille, puis, sans presque rien dire, il nous conduisit à la hâte vers une des tranchées de sable dont le sommet, surplombant la base, nous offrait tant bien que mal une espèce d'abri.

Nous étions là fort serrés, tapis l'un contre l'autre, Phillis tout au fond et trop bien empaquetée pour pouvoir dégager ses bras de leur enveloppe étroite, qu'elle s'efforçait en vain de replacer sur les épaules de Holdsworth. Tandis qu'elle se démenait ainsi, l'extrémité de ses doigts vint à frôler le bras du jeune homme, recouvert maintenant d'une simple toile.

« Mon Dieu ! s'écria-t-elle aussitôt avec un accent d'inquiétude et de compassion, vous êtes trempé… À peine délivré de votre fièvre, qui sait ?… Ah ! monsieur Holdsworth, je ne me pardonnerai jamais… »

Tournant un peu la tête du côté de Phillis et lui adressant un amical sourire :

« Si je prends froid, lui dit-il, je n'aurai que ce que je mérite pour vous avoir attirés et retenus sur cette brande. »

Mais Phillis ne s'arrangeait guère de cette explication

« Mon Dieu ! mon Dieu ! murmurait-elle, que je suis donc fâchée d'être venue ! »

Le ministre, à son tour, prit la parole.

« Dieu merci, dit-il, le foin est sauvé ; mais la pluie ne cessera pas de sitôt, le temps est trop pris. Mieux vaut donc que je coure à la maison, d'où je vous rapporterai quelques manteaux ; les parapluies ne valent rien quand il tonne. »

Nous insistâmes en vain, Holdsworth et moi, pour que l'un ou l'autre fût chargé de cette mission, et de fait il eût mieux valu que le jeune ingénieur, mouillé comme il l'était, se réchauffât en courant.

Le ministre parti, Phillis put avancer d'un pas et jeter les yeux sur la lande inondée. Plusieurs des instruments de Holdsworth étaient restés exposés à la pluie, qui tombait toujours avec la même violence. Avant que nous eussions pu nous douter de ce qu'elle allait faire, l'enfant s'élança de son refuge, alla recueillir ces divers objets, et les rapporta triomphante vers notre insuffisante retraite. Holdsworth, qui venait de se relever, semblait se demander encore s'il devait l'aider ou non, lorsqu'elle revint tout courant, ses beaux cheveux collés sur les tempes, le regard étincelant de joie, les joues animées par cette course rapide.

« Voilà ce que j'appelle un coup de tête, s'écria Holdsworth au moment où elle lui remit les diverses pièces de son butin… Vous croyez peut-être que je vais vous remercier (ses regards la remerciaient de reste)… Vous vous trompez, miss Holman. Je sais bien, allez, ce que tout cela signifie. Ces gouttes d'eau que j'ai reçues, selon vous, à votre, service, vous pesaient quelque peu sur le cœur… Et vous avez voulu vous débarrasser d'une reconnaissance importune en affrontant, pour mon compte, les mêmes inconvénients !… En bien ! mademoiselle, je suis bien aise de vous le dire, cet esprit de vengeance n'est pas chrétien… »

Pour une personne du monde, le *badinage* qu'il employait ainsi, — c'est, je crois, le mot dont on se sert en France, aurait été aussi transparent que possible ; mais Phillis n'y était point faite, il la troublait et l'embarrassait au plus haut point. Lui reprocher de « n'être pas chrétienne, » c'était là une accusation des plus graves, c'était prononcer un mot dont il est interdit de se jouer. Et bien qu'elle ne comprît pas très-nettement en quoi elle avait pu faillir, elle cherchait néanmoins une excuse.

Holdsworth tout d'abord parut s'amuser du sérieux avec lequel cette innocente se disculpait de toute mauvaise intention ; mais plus la plaisanterie se continuait, plus elle jetait de perplexités dans l'âme naïve de celle qui en était l'objet. À la fin cependant, d'un ton plus grave, trop bas pour être entendu de moi, il lui adressa quelques mots qui la firent taire immédiatement, et qui appelèrent sur ses joues une rougeur singulière.

Le ministre parut bientôt, pliant sous le faix des châles, manteaux et parapluies qu'il nous rapportait. En revenant à la ferme, Phillis se tint constamment fort près de lui : elle me paraissait éviter Holdsworth, qui gardait pourtant vis-à-vis d'elle la même attitude placide, protectrice, attentive.

Je passe sur les détails du retour, et ne me serais pas arrêté aux incidents de cette première soirée, si je ne m'étais souvent demandé, dans le temps, ce qu'il avait pu dire tout bas à Phillis pour la réduire si vite au silence, — et aussi parce que les événements survenus depuis prêtent une certaine importance à ce qui venait alors de se passer.

XII

Quand l'installation de nos bureaux à Hornby fut terminée, j'ai dit, ce me semble, que nos visites à la ferme devinrent presque quotidiennes. Dans cette intimité toujours plus étroite, la tante et moi, nous nous trouvions les moins intéressés. M. Holdsworth, une fois guéri, ne s'appliqua plus autant à se rendre intelligible pour elle. Il causait par-dessus sa tête, pour ainsi dire, avec les autres membres de la famille, et l'embarrassait par ses continuelles ironies. Ce n'était pas chez lui préméditation ; mais il ne savait trop que dire à cette excellente créature, d'une intelligence peu cultivée, et dont toutes les préoccupations étaient circonscrites dans l'étroit horizon de la vie de famille.

On sait quelle espèce de jalousie naïve Phillis inspirait à sa mère, lorsqu'elle entraînait ou suivait le ministre dans une sphère de spéculations plus hautes, inaccessible à la pauvre femme. La plupart du temps, en pareil cas, M. Holman ramenait à dessein la conversation sur les sujets pratiques où l'expérience de la mère de famille lui donnait une supériorité marquée. Phillis alors, — sans même avoir conscience des secrets mobiles qui faisaient agir ainsi le ministre, — s'y conformait tout naturellement, docile aux moindres impulsions paternelles.

Quant à Holdsworth, il inspirait toujours au chef de la famille une espèce de méfiance plutôt exprimée que ressentie, et occasionnée surtout par ces légèretés de parole qui pouvaient faire douter du sérieux de ses pensées ; mais, je le répète, dans les protestations du ministre à ce sujet, on pouvait démêler en première ligne le désir de se soustraire à une espèce de fascination qui, s'exerçant malgré toute sorte de scrupules, s'établissait d'autant plus solidement qu'elle était, à beaucoup d'égards, réciproque. La bonté, la droiture de M. Holman lui avaient gagné, en effet, la sincère admiration de son jeune hôte, à qui plaisaient d'ailleurs son intelligence si nette, son ample et saine curiosité de toute conquête scientifique. Jamais je n'ai vu deux hommes d'âge aussi différent se convenir mieux.

Vis-à-vis de Phillis, Holdsworth se montrait toujours le même, — une espèce de frère aîné, constamment prêt à la guider dans quelques études nouvelles, à lui fournir les moyens d'exprimer telle pensée, tel doute, telle théorie dont elle avait peine à se rendre un compte exact, — et ne se livrant plus désormais que par occasion à ces fantaisies railleuses qu'elle comprenait si malaisément.

Un jour, — c'était pendant la moisson, — il venait de barbouiller sur un chiffon de papier toute sorte d'esquisses, ici un épi de blé, plus loin une charrette de moissonneurs, des pieds de vigne, que sais-je encore ? tout en bavardant avec Phillis et moi, tandis que la bonne tante hasardait çà et là quelques remarques d'ordinaire à contre-sens. S'interrompant soudain :

« Voyons, dit-il à Phillis, restez ainsi, ne remuez plus la tête !… je tiens mon effet. Il y a déjà beau temps que de mémoire j'ai voulu retrouver votre tête, mais j'ai toujours échoué. Il me semble que maintenant je réussirais… Si j'arrive à quelque résultat passable, ce portrait sera pour votre mère. N'est-ce pas, madame, vous ne serez pas fâchée d'avoir votre fille… en Cérès ?

— Certainement, monsieur Holdsworth, un portrait de ma fille me ferait plaisir, mais en lui mettant ainsi de la paille dans les cheveux (il disposait quelques épis autour du front de la jeune fille, étudiant, à son point de vue d'artiste la valeur de cet accessoire), vous allez ébouriffer sa coiffure. Phillis, mon enfant si on va réellement prendre votre ressemblance, vous devriez monter dans votre chambre et lisser un peu vos bandeaux.

— Permettez-moi de m'y opposer, dit Holdsworth. J'aime infiniment mieux ce désordre pittoresque. »

Et il se mit à dessiner, regardant Phillis avec une attention soutenue.

Je la voyais toute décontenancée par sa contemplation sérieuse et fixe. Sous ce regard, dont elle se sentait la proie, elle rougissait, elle plissait tour à tour ; au mouvement involontaire de ses lèvres, on devinait la gêne de sa respiration précipitée. Enfin, comme il venait de lui dire : « Veuillez me regarder bien en face !… une minute ou deux seulement ; je vais commencer les yeux… » elle essaya d'obéir, leva effectivement les yeux sur lui ; puis, frémissant de la tête aux pieds, quitta son siège et disparut.

Holdsworth n'articula pas une parole et changea simplement la direction de son travail.

Il n'était pas naturel qu'il se tût ainsi, et ses joues brunes avaient d'ailleurs légèrement pâli.

La tante Holman mit bas ses lunettes :

« Qu'est-ce, que c'est ? disait-elle ; pourquoi s'en aller ainsi ? »

Holsdworth continuait à dessiner sans souffler mot. Je me vis oblige de répondre, au risque de quelque absurdité : la pire de toutes valait encore mieux que le silence.

« Voulez-vous qu'on la rappelle ? » m'écriai-je ; mais comme j'arrivais au pied de l'escalier, et au moment où j'ouvrais les lèvres pour prononcer le nom de Phillis, je la vis descendre quatre à quatre, son chapeau sur la tête.

« Je cours retrouver mon père, » me dit-elle en passant devant moi, et l'instant d'après elle franchissait le seuil de la petite porte blanche.

Sa mère ainsi que Holdsworth l'avaient parfaitement vue, ce qui dispensait de toute explication. La chère tante mit poliment cette fuite sur le compte de l'extrême chaleur ; Holdsworth n'ajouta pas le moindre commentaire et resta coi tout le reste de la journée.

De lui-même il n'aurait pas repris le portrait ; il le fit cependant à sa première visite, sur l'expresse requête de mistress Holman, mais eh assurant que, pour la simple esquisse qu'il se proposait il n'avait pas besoin de poses régulières et prolongées. Aucun changement ne se manifesta chez ma cousine quand je la revis après cette brusque sortie, dont elle n'essaya jamais de me donner le mot.

Et les choses marchèrent ainsi, sans aucun incident particulier qui se soit fixé dans ma mémoire, jusqu'à la récolte des pommes. Les gelées nocturnes avaient commencé ; les matinées, les soirées étaient brumeuses, mais à midi le soleil brillait, et ce fut vers le milieu du jour que, nous trouvant tous deux sur la ligne, nous résolûmes, Holdsworth et moi, de consacrer à la cueillette de Hope-Farm le temps que nos ouvriers allaient prendre pour dîner et faire leur sieste.

Nous trouvâmes, comme nous nous y attendions, toute la maison encombrée de vastes corbeilles à linge, emplies cette fois de fruits odorants ; c'est la dernière moisson de l'année, le signal d'une joie communicative. Les feuilles jaunies frissonnaient au moindre souffle du vent, toutes prêtes à quitter la branche. Dans le potager, les marguerites de la Saint-Michel, disposées en épais massifs, se pavanaient pour la dernière fois, étalant leur couronne de fleurs. Il fallut goûter toutes les espèces de fruits, juger de leur mérite relatif, et garnir nos poches, cela va sans le dire, de celles que nous avions préférées.

En traversant le verger, mon compagnon y avait signalé avec une sorte d'enthousiasme je ne sais quelle fleur tout à fait hors de mode, mais qui lui rappelait, disait-il, ses plus chers souvenirs d'enfance, et qu'il n'avait pas revue depuis bien des années. J'ignore quelle importance il avait pu mettre à ces éloges, que pour ma part j'écoutais d'une oreille fort distraite ; mais Phillis, qui s'était éclipsée pendant les dernières minutes de cette visite hâtive, reparut avec un bouquet de ces mêmes fleurs rattaché par un simple brin d'herbe. Elle l'offrit à Holdsworth, qui, sur le point de partir, prenait congé du ministre. J'avais l'œil sur les deux jeunes, gens. Je vis pour la première fois dans les yeux, noirs de mon compagnon un regard sur l'expression duquel je ne pouvais me méprendre : c'était plus que la reconnaissance due à une attention toute simple ; c'était de la tendresse, c'était une sorte de supplication passionnée.

L'enfant s'y déroba toute confuse, et dans ce moment même ses yeux se détournant de mon côté, — moitié pour cacher son pudique embarras, moitié pour obéir à un bon mouvement et ne pas désobliger un ami de plus vieille date par une préférence trop marquée, — elle courut me chercher quelques roses de Chine attardées sur leurs tiges ; mais c'était la première fois qu'elle me gratifiait d'une faveur de ce genre.

XIII

Il fallait faire diligence pour nous retrouver sur la ligne avant le retour des ouvriers ; aussi échangeâmes-nous à peine quelques mots, et toute l'après-midi fut trop activement employée pour laisser place à la moindre causerie.

Nous rentrâmes le soir à Hornby, dans le logement que nous occupions en commun. Là, sur la table, se trouvait une lettre qu'on avait renvoyée d'Eltham à la nouvelle adresse de mon chef. Pendant que je me jetais affamé sur le thé qui nous attendait, il la lut à loisir et resta quelques instants silencieux.

« Mon camarade, s'écria-t-il enfin, je crois que je vais vous quitter.

— Comment ? me quitter !… que voulez-vous dire ? Où iriez-vous ?

— Cette lettre, répondit-il, aurait dû m'être acheminée plus tôt. Elle est de l'ingénieur Greathed (une célébrité de ce temps-là). Il veut me voir, il désire me parler… Eh ! tenez, Paul, pourquoi vous le cacherais-je ? il est question de m'envoyer surveiller les travaux d'une ligne projetée au Canada.

— Et notre compagnie, que dira-t-elle ? m'écriai-je, véritablement déconcerté.

— Vous savez que Greathed en est le principal agent, et c'est lui qui sera l'ingénieur en chef de la ligne canadienne. Nos actionnaires prendront sans doute de grands intérêts dans cette dernière, et par conséquent se prêteront à toutes les combinaisons de personnel que Greathed aura jugées utiles… Mon remplaçant est déjà choisi.

— Pour le bien que je lui souhaite.

— Merci, interrompit Holdsworth en riant ; mais vous devez songer au profit que je vais retirer de tout ceci, et savoir gré à ce jeune homme de se trouver là tout à point pour me permettre de gravir l'échelon supérieur, ce qui me serait interdit si quelqu'un ne pouvait me suppléer ici… Ah ! vraiment j'aurais dû recevoir cette lettre un peu plus tôt. Les heures comptent, en pareille matière, d'autant que Greathead me parle d'une concurrence à craindre. Une idée ! si je partais ce soir même ? Une locomotive me conduirait à Eltham, où je prendrai le train de nuit. Il ne faudrait pas que Greathed pût m'accuser de tiédeur

— Mais vous reviendrez ? demandai-je avec une sorte d'angoisse causée par la soudaineté de cette séparation.

— Oh ! oui… Je l'espère du moins… Ils sont pourtant bien capables de m'expédier par le premier *steamer* qui part, je crois, samedi. »

Tout en parlant, il avalait machinalement, et sans s'être assis, son frugal souper.

— Décidément, reprit-il, c'est ce soir qu'il faut partir. Dans notre état, on doit être toujours prêt, toujours disponible. Si je ne revenais pas, enfant, ayez toujours présents à la mémoire les sages préceptes que vous avez entendus tomber de mes lèvres. Où est mon porte-manteau ? Si je pouvais gagner une demi-heure… Ici mes comptes sont à jour, sauf le terme de loyer que vous vous chargerez de payer sur mes appointements du mois, échéant le 4 novembre prochain.

— Mais enfin, reviendrez-vous ?

— Un jour ou l'autre, il faudra bien finir par là… Peut-être ne me trouvera-t-on pas suffisamment préparé, auquel cas je serai ici dans deux ou trois jours. Sinon, il est possible qu'on me dirige sur le Canada, séance tenante. Au surplus, ne craignez pas que je vous oublie. Ce travail-ci ne saurait me prendre plus de deux ans, et peut-être, par la suite, nous retrouverons-nous attelés à la même besogne. »

Peut-être !… C'était peu probable, et je ne l'espérais guère. Les jours heureux ne reviennent pas ainsi. N'importe, je l'aidais de mon mieux à se préparer. Dans sa caisse, bourrée outre mesure, que n'entassions-nous pas : habits, papiers divers, livres, instruments, tout cela pêle-mêle ! Puis je courus demander la locomotive. Ceci fait, comme je devais conduire mon ami à Eltham, nous demeurâmes assis l'un en face de l'autre pendant les quelques minutes que nous avions gagnées par ce surcroît d'activité.

Holdsworth tenait à la main le petit bouquet qu'il avait rapporté de Hope-Farm, et qu'en entrant il avait déposé sur la cheminée. Il le respirait, il l'effleurait de ses lèvres.

« Ce que je regrette, me dit-il, c'est de n'avoir pas su… de n'avoir pas fait mes adieux à… à ces braves gens. »

Il parlait sérieusement, cette fois, et la séparation imminente projetait une ombre sur sa pensée.

« Je me charge de leur exprimer vos regrets, lui dis-je à mon tour, et je suis certain qu'ils seront partagés. »

Ici quelques instants de silence.

« Comme on change vite d'idées ! reprit-il, se laissant aller à penser tout haut. Ce matin même, Paul, je n'étais occupé que d'une espérance. À propos, avez-vous soigneusement emballé ce dessin ?…

— Un profil de femme, n'est-il pas vrai ? lui demandai-je discrètement ; — mais je savais fort bien qu'il s'agissait d'un portrait de Phillis, portrait assez mal venu pour qu'il n'eût voulu ni le colorier, ni même l'ombrer, et qui était resté à l'état de simple esquisse parmi ses croquis de rebut.

— Oui, répondit-il… Quel doux visage innocent ! Et avec cela, tant de… »

Le mot ne vint pas, un long soupir en tint place. Évidemment troublé, mon jeune patron s'était levé pour arpenter la chambre à grands pas. Il s'arrêta tout à coup devant moi.

« Vous leur direz comment cela est arrivé. Il faut que le ministre sache combien je regrette de ne lui avoir pas serré la main, de n'avoir pas remercié sa femme pour toutes les bontés qu'ils m'ont prodiguées. Quant à Phillis,… s'il plaît à Dieu, je reviendrai d'ici à deux ans, et alors elle saura tout ce que j'ai dans le cœur.

— Vous l'aimez donc ? m'écriai-je.

— Si je l'aime ?… ah ! certes, répondit-il. Qui ne l'aimerait, l'ayant vue comme je la voyais et pouvant apprécier ce caractère de jeune fille, exceptionnel comme sa beauté ? Dieu lui soit propice et la maintienne dans cette haute sérénité, dans cette pureté angélique ! Deux ans, c'est bien long, savez-vous ? mais elle vit dans une si profonde retraite… C'est presque la Belle au bois dormant (il souriait maintenant, lui que j'avais vu tout à l'heure sur le point de laisser échapper une larme). Allons, allons, je reviendrai du Canada comme un prince Charmant, et je la tirerai de ce sommeil magique par la vertu du talisman d'amour. Dites-moi, Paul, croyez-vous que j'aurai grand'peine à la réveiller ? »

Ce petit mouvement de fatuité me plut assez peu, et je ne répondis pas à sa question. Il reprit, comme pour s'excuser : « On m'offre, vous le voyez, de grands avantages pécuniaires. De plus, si je sors honorablement de l'épreuve, ma réputation est faite et me donne droit, dans l'avenir, à des salaires plus élevés.

— Ceci n'importe guère à Phillis.

— Non, mais son père et sa mère me trouveront plus acceptable. Enfin, Paul, poursuivit-il avec une sorte d'inquiétude, plaidant toujours sa cause sans vouloir se l'avouer à lui-même, vous êtes de mon bord, n'est-il pas vrai ?… Vous ne serez pas fâché de m'avoir pour cousin ?… »

J'entendais haleter et siffler la locomotive au sortir des ateliers.

« Non certes, répondis-je, ramené brusquement vers cet ami que j'allais perdre. Je voudrais que la noce eût lieu dès demain, et je serais avec grand plaisir votre garçon d'honneur.

— À la bonne heure, et merci. Damné porte-manteau !… (mon Dieu, mon Dieu, que dirait le ministre ?) mais que voulez-vous ? cette valise pèse le diable ! »

Et nous partîmes à toute course dans les ténèbres, déjà fort épaisses.

Il prit à Eltham le train de nuit, et j'allai coucher assez tristement dans mon ancienne mansarde, chez les Dawson.

Les jours suivants, ayant sur les bras double besogne, je ne pus m'absenter un instant. Bientôt arriva une lettre de mon ami, très-courte, mais très-affectueuse. Il s'embarquait sur le *steamer* du samedi, ainsi qu'il l'avait à peu près deviné d'avance. Son successeur devait arriver le lundi suivant. Un postscriptum renfermait, simplement ces mots :

« Mon bouquet s'en vient avec moi au Canada ; mais je n'en aurai pas besoin pour me rappeler Hope-Farm. »

XIV

Il était fort tard, le samedi, quand je pus me rendre à la ferme. La gelée, bien établie, durcissait le sol, qui craquait sous mes pieds ; les gens de la maison durent m'entendre arriver de loin. Ils étaient assis à leur place ordinaire. Les regards de Phillis allèrent, par delà mon épaule, chercher quelqu'un et retombèrent ensuite, avec un désappointement calme, sur l'ouvrage qu'elle tenait à la main.

« Et M. Holdsworth, on ne le voit pas ? demanda la tante après une ou deux minutes d'entretien. Son rhume, j'espère, ne s'est pas aggravé ?... »

Un rire gauche et contraint inaugura ma réponse. Je me sentais porteur de fâcheuses nouvelles.

« Espérons que son rhume va mieux, car il est parti... Il est sur la route du Canada. »

Tout en me dépêchant de porter ce coup, je me gardai bien de regarder du côté de Phillis.

« Au Canada ? se récria le ministre.

— Parti ? » répéta sa femme.

Mais de ma cousine, pas un mot.

Je repris en sous-œuvre tout ce qui était relatif au départ, aux motifs qui avaient déterminé Holdsworth, aux regrets qu'il éprouvait, aux adieux dont j'étais chargé par lui... Phillis se leva soudain et sortit de la salle à pas muets.

Le ministre m'interrogea bientôt en détail sur les plans d'avenir que le jeune ingénieur avait pu concevoir. Il alla prendre dans son « capharnaüm » un atlas de grand format et d'âge respectable, où il chercha le site exact du chemin de fer projeté ; puis le souper fut apporté, comme de coutume, au coup de huit heures, et la cousine reparut, le front pâle, les traits rigides, les yeux parfaitement secs : dans ces yeux, je crus lire une sorte de défi à mon adresse, car j'avais sans doute blessé sa fierté virginale par le regard de sympathique intérêt que je venais de porter sur elle au moment où elle rentrait dans la salle basse.

Bien qu'elle se contraignît à parler de temps en temps, elle ne prononça pas une parole, elle ne fit pas une question relative à l'ami dont j'avais annoncé le départ.

De même le jour suivant. On devinait à son extrême pâleur la violence du coup subi par elle ; mais elle évitait de m'adresser la parole, et s'efforçait de ne rien changer à ses allures accoutumées. Je répétai à deux ou trois reprises, devant toute la famille, les messages affectueux dont j'avais été chargé pour ses divers membres. Ma pauvre cousine affectait de ne pas m'entendre, et ce fut ainsi que je la quittai le dimanche soir.

XV

Je n'avais plus affaire à un maître aussi indulgent. Le nouvel ingénieur maintenait pour l'emploi des heures une discipline rigoureuse ; et, malgré le voisinage, il se passa quelque temps avant que le loisir me fût donné de retourner à Hope-Farm.

C'était par un autre soir de novembre, froid et brumeux. Une sorte de vapeur ambiante avait pénétré jusque dans l'intérieur de la maison, malgré l'énorme bûche qui, garnissant le fond de l'âtre, aurait dû égayer la salle basse où je trouvai mes parents. La tante Holman et la cousine travaillaient en silence autour de la petite table ronde placée devant le feu. Le ministre avait étalé ses livres sur le dressoir et s'absorbait dans ses études à la clarté douteuse d'une seule bougie. La crainte de le déranger expliquait le silence inaccoutumé qui régnait autour de lui.

On me fit comme toujours bon accueil, sans beaucoup de bruit ni démonstrations extraordinaires ; on s'occupa de faire sécher les surtouts humides dont je venais de me débarrasser en entrant, on hâta les apprêts du souper, et, une fois installé au coin du foyer, je pus à mon aise examiner ce qui se passait autour de moi.

Phillis était toujours très-pâle : ses mouvements accusaient une certaine lassitude ; sa voix avait je ne sais quelles vibrations morbides, je ne sais quels frémissements fiévreux. Aussi active qu'à l'ordinaire, aussi adroite, aussi empressée, l'ancien ressort faisait faute à chacun de ses mouvements.

La tante Holman se mit à me questionner ; le ministre, quittant ses livres chéris, vint prendre place en face de moi et prêter l'oreille aux nouvelles que j'apportais, comme on ouvre sa poitrine aux émanations d'une brise venue de loin. J'avais à leur expliquer une absence de cinq semaines ; mais ils comprirent à merveille les exigences, de ma nouvelle situation et la docilité que je devais apporter dans mes relations avec un supérieur à qui j'étais encore inconnu.

« C'est bien, Paul, c'est bien, me dit le ministre avec un geste d'approbation. Cette forte discipline te sera salutaire…, plus salutaire que la liberté dont tu avais pris l'habitude avec ton ancien patron.

— Ah ce pauvre M. Holdsworth ! s'écria la chère tante. Penser qu'il est à cette heure sur les flots salés !…

— Point, répondis-je, il est débarqué. J'ai reçu de lui une lettre datée d'Halifax. »

Les questions immédiatement tombèrent sur moi dru comme la grêle. Où cela ? comment ? que devenait-il ? se plaisait-il là-bas ? et que sais-je ? La tante me raconta qu'un jour où le vent avait abattu le vieux cognassier du fond, elle avait demandé au ministre une prière pour les voyageurs en mer.

« N'est-ce pas, Phillis ? » ajouta-t-elle.

Phillis, forcée de répondre, prit la parole sur un ton plus élevé que de coutume.

« Oui, dit-elle, nous pensions que la traversée durait un mois…, mais c'est sans doute par navires à voiles.

— Et, demanda le ministre, il ne sait probablement pas encore si son travail lui convient.

— Non, répondis-je, il venait à peine de descendre à terre… Voulez-vous, du reste, que je vous lise ce qu'il m'écrit ?…

« Nous voilà, cher Paul, débarqués sains et saufs après une rude traversée. Je pense que vous serez aise de le savoir ; mais on signale en ce moment même le départ du bateau-poste. Je vous écrirai d'ici à peu.

« N'y a-t-il pas un an que j'ai quitté Hornby, cent ans que j'ai quitté la ferme ?

« Mon bouquet est arrivé intact.

« Rappelez-moi au souvenir des Holman.

« Votre affectionné,

« E. H. »

— Il n'y en a pas long, remarqua le ministre ; mais n'importe, on est bien aise, quand le vent souffle, de savoir ses amis à terre. »

Phillis n'ajouta rien ; elle avait la tête baissée sur son ouvrage, mais je n'imagine pas qu'elle eût tiré l'aiguille une seule fois pendant tout le cours de ma lecture.

Devina-t-elle de quel bouquet était question ? Je ne me charge pas de le dire. Toujours est-il que lorsqu'elle nous montra son visage, on pouvait voir sur ses joues, naguère si pâles, deux plaques d'un rouge vif.

Après une ou deux heures de bonne causerie, il fallut repartir pour Hornby. Je ne savais, dis-je à mes parents, quand je serais libre de revenir les voir, attendu qu'on venait de commencer cet embranchement d'Hensleydale dont les études avaient coûté une si belle fièvre à notre ami Holdsworth.

« À Noël cependant, me dit ma tante, on vous donnera bien quelques jours de congé…

— Ce pauvre garçon, fit observer le ministre, voudra sans doute aller les passer dans sa famille. »

En somme, ils désiraient tous me revoir, et Phillis plus particulièrement me sollicitait par des regards dont l'expression suppliante avait quelque chose de presque irrésistible. D'ailleurs, je ne songeais point à résister ; certain que mon nouveau patron ne me donnerait pas un congé assez long pour me laisser le temps d'aller à Birmingham, je n'avais pas de meilleur parti à prendre que de venir passer vingt-quatre ou quarante-huit heures chez ma bonne tante.

Il fut donc convenu que nous nous retrouverions le jour de Noël à la chapelle d'Hornby, que j'accompagnerais mes parents après le service, et que je resterais avec eux, si cela était possible, toute la journée du lendemain.

XVI

J'arrivai malheureusement un peu tard à ce pieux rendez-vous, et l'église étant comble, force me fut de rester sous le porche, en assez nombreuse compagnie, attendu qu'il commençait à neiger et qu'une partie des paroissiens, au sortir de l'office, hésitaient à se mettre en route. Je n'écoutais guère les propos qu'ils échangeaient sans prendre garde à moi, jusqu'au moment où vint à être prononcé le nom de Phillis Holman.

Ce nom me fit dresser l'oreille, et je ne perdis plus un mot de ce qui se disait dans un des groupes voisins.

« Jamais on ne vit pareil changement.

— C'est un gros rhume, à ce que prétend sa mère.

— Ah ! qu'elle y prenne garde ! ajouta un, troisième interlocuteur. Phillis est d'une famille où l'on ne fait pas de vieux os. Lydia Green, sa tante maternelle, est morte d'une maladie de langueur justement à l'âge qu'a maintenant cette jeune fille. »

Ces pronostics sinistres m'avaient déjà fort affecté, quand mes parents sortirent enfin et m'abordèrent avec les vœux d'usage à ce moment de l'année.

Je jetai du côté de Phillis un regard furtif ; elle était certainement grandie, amincie, maigrie de plus, il n'y avait pas à le nier ; mais l'éclat passager de son teint, me déguisant la triste vérité, calma aussitôt mes craintes. Ce fut seulement à la ferme que je constatai son extrême pâleur et la navrante expression de ses yeux gris, qui semblaient avoir reculé dans leurs orbites profondes.

Du reste, elle ne se plaignait point et vaquait aux soins du ménage avec la même activité que jadis. J'inclinais à penser, la voyant si alerte, que ma tante avait raison de ne point s'alarmer.

J'ai dit que je devais passer à la ferme le jour suivant. Nous avions autour de nous plusieurs pouces de neige, et comme, au dire des gens experts, elle n'était pas toute tombée, le ministre s'occupait de bien abriter son bétail en vue de froids prolongés. Les domestiques fendaient du bois, ou portaient au moulin, avant, que les chemins fussent devenus impraticables, les blés destinés à la consommation d'hiver. Ma tante et Phillis, montant au grenier, couvraient les fruits qu'il fallait préserver de la gelée.

J'étais resté dehors presque toute la matinée et ne rentrai guère qu'une heure avant le dîner. Ma surprise fut grande quand je trouvai Phillis, que je savais devoir être occupée ailleurs, assise près du dressoir, la tête dans ses mains et lisant ou feignant de lire. Elle ne leva pas les yeux lorsque j'entrai ; à peine discernai-je le sens de quelques explications qu'elle me donna, et d'où il semblait, résulter que sa mère n'avait pas voulu la garder au froid. Il me sembla pourtant qu'elle pleurait, et ma première pensée fut qu'elle cédait à quelque mouvement d'humeur. Pauvre enfant, elle si patiente et si douce, la croire capable d'une pareille faiblesse !

Je me baissai pour remettre en ordre le feu, dont l'édifice menaçait ruine. À ce moment, un bruit frappa mon oreille ; je m'arrêtai pour mieux entendre et m'assurai que c'était bien un sanglot, un sanglot que ma cousine n'avait pu comprimer.

Je me redressai brusquement.

« Phillis ! » m'écriai-je, allant à elle la main tendue pour saisir la sienne et lui témoigner la part que je prenais à son chagrin, quel qu'il fût ; mais, plus alerte que moi, elle se hâta de se soustraire à cette étreinte, qui m'aurait permis de la retenir, et sur-le-champ elle s'élança hors de la maison en sanglotant toujours.

« Non, Paul, disait-elle, laissez, laissez-moi !… C'est intolérable !… »

Que signifiait tout ceci ? À cette Phillis, aimée de tous, qu'avait-il donc pu arriver ? Étais-je, sans le savoir, la cause de son irritation ? Mais elle pleurait avant que je fusse entré. J'allai regarder son livre, un de ces ouvrages italiens dont je ne comprenais pas le premier mot ! J'avisai enfin sur les marges quelques notes au crayon, tracées de la main d'Holdsworth.

Était-ce donc *cela* ? Devais-je m'expliquer ainsi cet abattement, cette langueur, ces yeux attristés, ce visage flétri, ces sanglots mal contenus ? L'idée m'en vint seulement alors, jetant sur toute chose, comme l'éclair dans la nuit, une lumière dont le moindre détail reçoit une valeur ineffaçable, même après le retour des ténèbres.

J'étais encore debout, le livre en main, lorsque j'entendis venir ma tante, et, ne me souciant pas de lui parler en ce moment, je me lançai hors de la maison, à l'exemple de Phillis.

Un tapis de neige recouvrait le sol et avait gardé l'empreinte de ses pas, ce qui me permettait de la suivre. Je pus m'assurer de même qu'à certain endroit Rover était venu la rejoindre. En me dirigeant sur leurs traces, j'arrivai dans le verger à une énorme pile de bois appuyée contre la muraille extérieure du hangar, et je me rappelai alors ce que Phillis m'avait raconté lors de notre première promenade, « qu'elle s'était pratiqué dans ce chantier, lorsqu'elle était encore enfant, un ermitage, une espèce de retraite consacrée, où elle apportait tantôt ses livres, tantôt son ouvrage, pour étudier ou travailler en paix lorsque sa présence n'était pas requise dans la maison. »

Évidemment elle venait de se réfugier dans le sanctuaire de son enfance, ne songeant pas, que l'empreinte de ses pieds, laissée sur la neige encore intacte, livrerait le secret de sa fuite.

Le tas de bois s'élevait assez haut ; mais, à travers les interstices des troncs disjoints, je distinguais parfaitement la taille de ma cousine, sans savoir au juste par où je pourrais arriver auprès d'elle.

Phillis était assise sur un bloc de bois ; sa joue reposait sur la tête de Rover, ce compagnon fidèle, dont un de ses bras entourait le cou ; elle lui demandait instinctivement un point d'appui et quelque peu de chaleur, bien nécessaire par ce temps rigoureux. Rover, tout heureux de se sentir caressé, ou touché de quelque secrète sympathie, battait de sa queue le bois sonore, mais sans remuer ni pied ni patte, jusqu'au moment où mon approche lui fit dresser l'oreille. Alors, avec un aboiement bref et soudain, il fit mine de s'élancer.

Pendant un moment, nous restâmes tous les deux immobiles. Je n'étais pas bien assuré que le sentiment auquel j'obéissais ne me conduisît pas à quelque fausse démarche, et cependant il me semblait impossible de laisser se détruire ainsi la douce sérénité de cette chère enfant, lorsque j'avais un remède à ses souffrances ; mais je ne pouvais respirer assez bas pour les oreilles exercées de Rover : il m'entendit et se dégagea des mains de Phillis. « Toi aussi, tu me quittes donc ? lui dit-elle avec l'accent du reproche.

— Cousine, m'écriai-je en voyant s'échapper Rover par cette issue que je n'avais pas encore su deviner, Phillis, descendez, sortez de là ! Vous êtes déjà souffrante, et vous ne devez pas rester ainsi en plein air par un temps aussi rude... Vous savez combien tout le monde en sera inquiet et mécontent. »

Elle obéit avec un soupir. Je la vis se glisser en se courbant hors de son refuge ; puis, se redressant, elle resta debout en face de moi, dans ce verger désert aux ramures effeuillées.

Son visage respirait tant de douceur et de tristesse que je lui aurais volontiers demandé pardon de lui avoir tenu un langage si nettement impérieux.

« Que voulez-vous ? me dit-elle. J'étouffe parfois dans cette maison… Vous me donnez une marque d'intérêt, et je vous en remercie, mais il n'était pas nécessaire de me relancer jusque dans cet abri. J'endure le froid mieux que vous ne pensez.

— Suivez-moi jusqu'à l'étable, ma bonne Phillis… J'ai quelque chose d'essentiel à vous dire, et vraiment je n'endure pas le froid aussi bien que vous. »

Je me figure qu'elle aurait encore voulu s'enfuir, mais elle était pour ainsi dire hors de combat. Bien qu'avec regret, — je m'en aperçus, — elle me suivit.

L'air de l'étable, chargé d'émanations vivifiantes, était un peu moins glacial que celui du dehors. Je la fis entrer et restai moi-même sur le seuil, en quête de mon exorde. À la fin, las de chercher, je brusquai l'affaire.

« J'ai plus d'une raison, lui dis-je, pour vous empêcher de prendre mal… Quelqu'un là-bas en aurait tant de chagrin ! »

Là-bas, c'était le Canada, il n'y avait pas à se méprendre. Phillis me jeta un regard pénétrant, puis se détourna par un mouvement empreint d'une certaine impatience. Encore à ce moment, libre de s'échapper, elle eût pris la fuite, mais j'occupais l'unique issue.

« Allons, pensai-je, la glace est brisée, il n'y a plus à reculer. » Je repris rapidement, sans plus m'inquiéter de rien : « Au moment même de son départ, il m'a tant parlé de vous… La veille, rappelez-vous, il était venu ici… Vous lui aviez offert ces fleur. »

Elle porta les mains à son visage comme pour s'en faire un voile ; mais elle écoutait maintenant et ne perdait plus une seule de mes paroles.

a Jamais auparavant il ne m'avait parlé de vous. Ce brusque départ le forçait à m'ouvrir son cœur… Il m'a dit qu'il vous aimait, qu'il espérait, à son retour, se trouver en passe de vous obtenir.

— Taisez-vous ! » interrompit-elle avec effort après deux ou trois vaines tentatives pour faire sortir ces deux mots de sa poitrine oppressée.

En ce moment, elle me tournait le dos ; sa main, en revanche, ramenée en arrière, venait au-devant de la mienne et la cherchait pour ainsi dire dans le vide. Quelle longue et douce étreinte ! S'accoudant ensuite à un des montants de bois, elle y reposa sa tête fatiguée ; sans plus chercher à retenir ses larmes, elle semblait y trouver on ne sait quelle volupté tranquille.

Je ne la compris pas tout d'abord, et craignis de l'avoir désobligée par quelque malentendu.

« Pardonnez-moi, lui dis-je, ma chère Phillis, si je me suis trompé en croyant vous faire plaisir… Il vous aime si bien, il parle de vous avec tant d'émotion !… »

Elle leva la tête et me regarda… Que de choses dans ce regard ! quel rayonnement céleste à travers ces larmes débordantes ! sur cette bouche exquise quel sourire extatique !… Mais presque aussitôt, — comme si elle eût craint de trop laisser voir ce qui se passait en elle et de trahir un sentiment plus vif que celui de la reconnaissance dont elle cherchait à me convaincre, — elle me cacha de nouveau son visage.

Ainsi donc j'avais deviné juste ! J'essayai de retrouver dans ma mémoire les paroles mêmes dont le jeune voyageur s'était servi, mais elle m'arrêta dès le début.

« Taisez-vous, Paul !… » Puis, après quelques secondes, la tête toujours dans ses mains et d'une voix beaucoup moins élevée : « Ne m'en veuillez pas si je préfère ne rien entendre de plus. Croyez bien que je vous suis obligée, ne prenez pas ceci pour de l'ingratitude… Seulement, voyez-vous, j'aime mieux qu'il me dise tout lui-même, quand il sera revenu. »

Ensuite elle se remit à pleurer, mais non plus les mêmes larmes. Je ne disais plus rien, j'attendais. Bientôt après, se tournant de mon côté, toutefois sans affronter mon regard, elle mit sa main dans la mienne avec un abandon enfantin.

« Ne pensez-vous pas, disait-elle, qu'il vaut mieux rentrer ?… Ai-je l'air d'avoir pleuré ?… Bast ! nous mettrons cela sur le compte de mon rhume... Allons, Paul, un bon galop nous réchauffera. »

Nous courûmes ainsi, la main dans la main, jusqu'au seuil de la maison.

Là, s'arrêtant tout à coup :

« Paul, me dit-elle, je vous le demande en grâce, ne parlons jamais de *ceci* ! »

XVII

Je partis quelques heures après pour ne revenir qu'aux fêtes de Pâques.

N'allez pas croire que dans ce long intervalle ma conscience m'ait laissé parfaitement en paix avec moi-même. Il était évident, à mes yeux, que j'avais transgressé la ligne du devoir strict. Sans trahir formellement aucun secret, sans manquer à aucune promesse, puisque je n'étais lié par aucune, je me sentais coupable en songeant à ce que j'avais fait dans un élan de pitié pour les souffrances et l'anxiété auxquelles ma pauvre cousine était en proie.

De prime-abord je voulus communiquer à Holdsworth ce qui venait de se passer ; mais en face de ma lettre, déjà écrite à moitié, de nouveaux scrupules m'avaient envahi. C'était bien assez d'avoir dit à Phillis qu'elle était aimée ; ce serait trop, sur de simples conjectures, que d'écrire à notre ami ce que je croyais savoir au sujet du retour qu'on accordait à sa tendresse et des tourments que son absence avait causés. Et cependant pouvais-je, sans entrer dans tous ces détails, lui expliquer comment j'avais été amené à répéter ce qu'il m'avait dit lui-même la veille de son départ ? Ne valait-il pas mieux laisser aux événements leur cours naturel ?…

Après bien des hésitations, la lettre commencée ne partit point.

J'en avais depuis reçu deux, où le jeune ingénieur se manifestait dans tout l'essor de sa virile énergie, et je les avais adressées toutes deux au ministre, car chacune d'elles renfermait un souvenir particulier pour les habitants de Hope-Farm. À part cela, d'ailleurs, il ne pouvait manquer de les lire avec intérêt, comme tout ce qui apportait les échos de la vie extérieure dans le cercle de son horizon restreint. Je l'ai dit, tout l'intéressait ; la souplesse de son intelligence le rendait capable de s'entendre à tout ce qu'il aurait entrepris : ingénieur, marin (il ne parlait de la mer qu'avec enthousiasme), légiste même au besoin, car après avoir lu De Lolme il nous rassasia de dissertations sur les points fondamentaux du droit constitutionnel.

Quant aux lettres de Holdsworth, il y prit tellement goût qu'il y joignit, en me les renvoyant, une liste de questions à transmettre, et que, dans mes préoccupations du moment, j'entrevis là une occasion toute naturelle de le mettre en correspondance avec l'homme appelé peut-être à devenir son gendre.

Les choses en étaient à ce point lorsque je revins à Hope-Farm pour y passer quelques jours. Au moment où j'abordais mes parents à la porte de la chapelle d'Hornby, on les complimentait sur l'heureux changement survenu dans la santé de leur fille. Je la regardai pour m'assurer que mon indiscrétion avait eu ce premier succès. Nos yeux se rencontrèrent, elle rougit et tourna la tête : nos mutuels souvenirs faisaient de nous deux complices un peu honteux de leur crime.

Le premier jour, elle m'évita, craignant peut-être une allusion au secret que nous avions en commun ; mais quand elle se fut bien assurée que pas un regard d'intelligence, pas un mot à double entente ne viendrait porter atteinte au mystère de sa vie intime, elle reprit vis-à-vis de moi son abandon fraternel. Un moment je l'avais accusée d'ingratitude et même d'injustice, je lui avais reproché de me punir par sa froideur d'une faute commise pour l'amour d'elle.

Je fus cependant bien forcé de reconnaître que cette timidité passagère, cet embarras du premier jour, ne portaient aucun dommage essentiel à notre amitié. Elle ne refusa plus, elle chercha au contraire les occasions de sortir seule avec moi. Elle me raconta les moindres incidents survenus depuis ma dernière visite, entre autres la maladie de Rover, et comme quoi le lendemain du jour où le ministre, sur la demande expresse de la chère tante, l'eut compris dans les invocations de la prière du soir, ce brave chien avait commencé à se rétablir. Elle me donna mille intéressants détails sur les mœurs de la volaille confiée à ses soins, et me mena cueillir des perce-neige dans le grand bois, au delà du champ des frênes.

Jamais je ne la vis si heureuse et si charmante que lorsque, sous les plus grands arbres où verdissaient à peine les plus précoces bourgeons, elle s'amusait à imiter les gazouillements des oiseaux, la seule musique à son usage.

Son chapeau de jardin avait glissé sur ses épaules, les fleurs des bois emplissaient ses mains, et sans se douter que je la contemplais avec admiration, elle écoutait, attentive, le sifflement railleur qui lui arrivait des taillis voisins, elle y répondait ensuite, — non pas par pure complaisance, comme elle l'avait fait bien des fois à ma prière, — mais pour satisfaire à un besoin d'expansion joyeuse et traduire en ramages variés la vague félicité dont elle se sentait le cœur plein à déborder.

Plus que jamais elle se faisait adorer. Son père la suivait d'un œil complaisant et attendri. Sa mère, oubliant pour elle le fils qu'elle avait vu s'éteindre dès le berceau, lui faisait double part d'affection. Les vieux serviteurs de la maison lui portaient cet attachement sincère et profond que les cultivateurs ont pour « l'enfant de chez nous, » et cela sans le témoigner, si ce n'est en de très-rares et très-solennelles occasions.

J'ai dit que jamais entre nous il n'était question de Holdsworth, mais le ministre (sur qui les lettres dont j'ai déjà parlé avaient fait une impression durable) ne se gênait pas pour causer du voyageur en fumant sa pipe le soir, après le travail. Phillis se penchait alors sur son ouvrage et prêtait l'oreille en silence aux affectueuses paroles de son père, qui se reprochait d'avoir été quelquefois trop sévère pour ce jeune homme, dont les qualités brillantes le mettaient en défiance.

La première atteinte portée à la tranquillité mêlée d'espérance que je me flattais d'avoir ramenée à Hope-

Farm le fut par une lettre du Canada, où se trouvaient quelques phrases, fort peu alarmantes en elles-mêmes, et dont cependant je m'inquiétai. Les voici, à quelques mots près :

« Je m'ennuierais fort en ce lointain pays, m'écrivait Holdsworth, sans la liaison qui s'est établie entre moi et un habitant français nommé Ventadour. Sa famille et lui me sont d'une grande ressource pendant nos interminables soirées. Je ne vois guère ce qu'on pourrait préférer, en fait de musique vocale, aux chœurs exécutés par les jeunes filles et les jeunes garçons de cette maison. Je retrouve d'ailleurs chez eux, dans leurs façons de penser et de vivre, un élément étranger, comme une saveur exotique qui me rend le souvenir des plus heureux temps de ma vie. La fille puînée, Lucile, ressemble singulièrement à Phillis Holman. »

En vain me répétai-je que cette ressemblance était précisément l'attrait principal qui appelait Holdsworth chez les Ventadour, — qu'une pareille intimité s'expliquait d'elle-même, qu'elle ne pouvait avoir aucunes conséquences inquiétantes pour moi — un pressentiment pénible résistait à toutes ces réflexions, qui ne me rassuraient guère.

Peut-être auraient-elles été autrement efficaces, si je n'avais eu à me demander compte, malgré moi, des résultats produits par ma désastreuse confidence à Phillis. La vivacité actuelle de la jeune fille différait essentiellement de la quiétude sereine où je l'avais vue naguère. Si je m'oubliais à la contempler, cherchant en quoi consistait cette différence, et si elle venait à surprendre mon regard, elle rougissait, elle s'agitait, devinant que je songeais à ce lien mystérieux formé entre nous. Ses yeux se baissaient devant les miens, comme si elle craignait de me laisser lire dans leurs orbes éclatants la secrète pensée qui les faisait ainsi rayonner.

« Cependant, me disais-je, il faut que je m'exagère cette métamorphose, puisque ni son père ni sa mère ne s'en aperçoivent. Ce sont des chimères que mon imagination se forge… »

XVIII

Un grand changement allait se produire dans ma vie. Mon engagement avec le chemin de fer de *** expirait au mois de juillet suivant, la construction des divers embranchements étant terminée. Je quittais en conséquence le comté de *** pour retourner à Birmingham, où m'attendait un poste laissé tout exprès vacant dans les bureaux de mon père, alors en pleine prospérité ; mais il était bien entendu qu'avant de quitter le nord de l'Angleterre j'irais passer quelques semaines à Hope-Farm.

On m'y préparait toute sorte de distractions et d'excursions pendant ce dernier séjour plus prolongé que les autres, et je me serais assez volontiers associé à de si agréables anticipations, n'eût été le souvenir importun de « l'imprudence » que j'avais commise.

J'étais trop familiarisé maintenant avec les us et coutumes domestiques de Hope-Farm pour éprouver le moindre embarras en y débarquant. Je connaissais ma chambre, je m'y installais sans dire gare, comme le fils de la maison. Cela fait, je savais où me rendre pour retrouver mes hôtes absents.

La chaleur était intense au moment où j'arrivai. Les oiseaux accablés ne chantaient plus, à l'exception de quelques ramiers abrités dans l'épaisseur des bois ; en revanche, mille bourdonnements d'insectes emplissaient l'air tiède et lumineux. On entendait aussi dans le lointain la voix des travailleurs, et sur les routes pavées le roulement des tombereaux, le cri des essieux fatigués. Les bestiaux, dans l'étang jusqu'à mi-jambes, chassaient à grands coups de queue les mouches importunes ; les faneurs occupaient la prairie, Phillis en tête.

« Allons, Paul, à votre tour ? » me dit-elle, me jetant son râteau dès qu'elle m'aperçut.

Et le ministre, tout haletant, riait de cette familière bienvenue.

« Allons, Paul, reprit-il, nous avons besoin de tous les bras disponibles ; d'ailleurs ce travail-là doit te délasser des autres. À l'œuvre, mon garçon, et prends la place d'honneur. »

La place d'honneur étant auprès de Phillis, je ne me fis pas répéter l'invitation.

Nous ne quittâmes le pré que lorsque le soleil eut caché ses lueurs sanglantes derrière les noirs sapins qui bordaient le communal. Vinrent ensuite le souper, la prière et le lit. Je ne sais quel oiseau chanta fort tard auprès de ma fenêtre ouverte, et je fus réveillé de grand matin par le bruyant caquet de ces poules que Phillis élevait si bien.

Je n'avais pris, en fait de bagages, que les objets d'immédiate nécessité ; le messager devait apporter le reste. Il arriva de bonne heure à la ferme. En ce moment-là, j'avais fort à faire pour répondre à la chère tante, qui m'avait entrepris, seul à seul, sur les procédés de boulangerie employés chez ma mère. L'arrivée des caisses interrompit notre conférence. On m'apportait aussi deux lettres arrivées depuis mon départ ; — sur l'une de ces lettres, je remarquai le timbre canadien.

Par quel instinct me félicitai-je d'être en ce moment tête à tête avec cette excellente femme, dont la perspicacité ne m'inspirait aucune crainte ? Pourquoi me hâtai-je de glisser ces deux lettres dans la poche de mon habit ? Je ne le sais vraiment pas.

Je me sentais mal à l'aise, le cœur me manquait, et je répondais tout de travers, j'imagine, aux questions dont ma tante persistait à me harceler. Fort heureusement l'ouverture des caisses me fournit un prétexte de monter dans ma chambre. Là, je m'assis sur le bord de mon lit, et je brisai le cachet de cette lettre fatale.

J'aurais pu dire par avance, et presque mot pour mot, ce qu'elle contenait. Oui, si surprenant que cela paraisse, je *savais* que Holdsworth allait épouser Lucile Ventadour…

Et que dis-je ? Ils étaient déjà mariés, car la nouvelle m'arrivait le cinq juillet, et les noces avaient dû se faire le vingt-neuf juin. Les motifs qu'il alléguait, les élans enthousiastes auxquels il s'abandonnait, je les avais tous pressentis, je les connaissais, ils n'avaient rien de nouveau pour moi.

Mes yeux se détachèrent de la lettre que mes mains retenaient machinalement, et je regardai vaguement par la fenêtre ouverte. Sur le tronc d'un vieux pommier chargé de lichen, je vis un nid de pinsons et la mère qui revenait porter quelques bribes à sa jeune couvée. Il faut bien que je l'aie vu, ce nid, puisque aujourd'hui même il se représente à ma mémoire avec une telle netteté que j'en dessinerais la moindre fibre et la moindre plume. Cette écrasante rêverie fut interrompue par un bruit de voix animées et de pas pesants : il annonçait le retour des travailleurs qui venaient dîner.

Phillis était avec eux.

Aurais-je donc à lui dire ?... Et comment le lui cacher, puisque le nouveau marié, dans sa puérile exaltation, m'annonçait l'envoi de ses *wedding-cards*[1] à tous ceux que son bonheur pouvait intéresser, « notamment, ajoutait-il, à ses bons amis de Hope-Farm ? »

Phillis, maintenant, n'était plus qu'un de ces « bons amis, » faisant nombre parmi les autres !

Il fallut descendre, il fallut s'asseoir à table, il fallut manger, parler comme tout le monde. Je ne sais comment je m'en tirai, mais le ministre me regarda mainte fois d'un air surpris. Il n'était pas homme à mal penser du prochain ; mais bien des gens, à sa place, m'auraient accusé d'avoir oublié les lois de la tempérance.

Dès que je le pus décemment, je quittai la table et la maison. J'avais besoin de m'étourdir un peu en marchant vite et longtemps, j'allai en effet si loin que je me perdis dans les vastes landes qui couronnaient le plateau, et que la fatigue enfin me contraignit à ralentir le pas.

Ah ! que cette indiscrétion me pesait ! Et combien n'aurais-je pas donné pour retrancher de ma vie la demi-heure où ma prudence ordinaire m'avait trahi !... Puis je m'emportais contre Holdsworth, et vraiment je n'en avais pas le droit.

J'imagine que je restai une bonne heure au fond de cette vaste solitude, après quoi je repris le chemin de la ferme, en me promettant de tout dire à Phillis, dès que l'occasion s'en présenterait ; mais en somme cette résolution me coûtait beaucoup, et lorsque par les fenêtres toutes grandes ouvertes je la vis seule dans la cuisine, je me sentis défaillir, tant mes appréhensions devinrent poignantes.

Elle était debout, à côté du dressoir, taillant le pain qu'elle allait distribuer aux laboureurs ; ceux-ci pouvaient revenir d'une minute à l'autre, car le temps menaçait, et déjà le tonnerre avait grondé plus d'une fois. Au bruit de ma marche, elle tourna la tête.

« Vous auriez dû aller aux foins, me dit-elle avec son accentuation un peu lente, indice de calme et de paix intérieure.

— En effet, car il va pleuvoir, lui répondis-je.

— L'orage s'annonce, reprit-elle... Ma pauvre mère est prise de la migraine et vient de se mettre au lit... Puisque vous voilà...

— Phillis, lui dis-je en lui coupant la parole, car j'avais à cœur d'en finir, je viens de faire une longue course pour réfléchir tout à mon aise sur une lettre arrivée ce matin,… une lettre du Canada… Je ne saurais vous dire à quel point elle m'afflige. »

Et tout en parlant je lui tendais cette lettre, qu'elle ne semblait pas vouloir prendre.

Son visage avait pâli, mais cette pâleur était plutôt un reflet de la mienne que le résultat d'une angoisse bien définie, d'une perception bien nette des paroles par moi prononcées. Il fallut s'expliquer plus clairement pour la décider à prendre connaissance de la fatale missive.

Elle comprit enfin, et au moment où je la déposais dans ses mains, se laissa tomber sur un siège, tout d'une pièce, par un brusque affaissement.

Ensuite elle étala les deux feuilles sur le dressoir, appuya sa tête sur ses mains, et, se détournant à demi, déroba son visage à mes regards.

Inutile précaution ! J'avais, moi aussi, détourné la tête, et mes yeux erraient sur cette cour où tout respirait l'abondance et la paix. De tous côtés un grand silence, régulièrement interrompu par le tic tac d'une horloge invisible, placée dans la vaste cage de l'escalier. J'entendais le papier mince frissonner entre les doigts de la lectrice, quand elle venait à tourner la page…

Maintenant elle devait avoir fini. Pourquoi ne bougeait-elle pas ? pourquoi ne prononçait-elle pas un mot ?

pourquoi du moins ne laissait-elle pas échapper un soupir ? — Les minutes se succédaient plus lentes, plus intolérables que je ne saurais dire.

Enfin je me décidai à jeter les yeux sur elle. Sans doute elle devina ce regard, puisqu'elle se retourna par un mouvement vif et soudain, de manière à me faire face.

« Paul, me dit-elle, ne vous attristez pas ainsi, je vous en supplie… Vous me faites mal. Dans tout ceci, j'imagine, il n'y a rien de si pénible. Du moins vous n'avez rien à vous reprocher… Lui-même, pourquoi donc ne se serait-il pas marié, je vous le demande ?… J'espère, oh ! oui, j'espère bien qu'il sera heureux… »

Ces derniers mots furent prononcés avec l'accent d'une véritable plainte ; mais elle changea de ton sur-le-champ, car elle ne voulait pas s'attendrir.

« Lucile, reprit-elle, c'est, je suppose, l'équivalent de notre Lucy ? Lucile Holdsworth, ces deux noms vont très-bien ensemble, et j'espère… j'espère… mais que voulais-je donc vous dire, mon cher Paul ?… Ah, voici, je me le rappelle à présent. C'est que jamais, — jamais, entendez-vous ? — il ne faudra reparler de ces choses. Souvenez-vous seulement que vous n'avez aucun motif de vous affliger. Vous avez été pour moi la bonté même, et si je vous voyais trop malheureux, je ne sais, je ne sais pas comment je ferais pour tenir bon… »

L'émotion commençait à la dominer, et cet effort factice n'aurait pu se soutenir bien longtemps ; mais l'orage qui menaçait éclata. Le nuage sombre qui recelait la foudre semblait planer sur le toit même de la ferme. On entendit la voix effrayée de mistress Holman qui appelait Phillis à grands cris. Les faneurs rentrèrent en courant, trempés jusqu'aux os.

Le ministre les suivait de près, souriant et prenant une sorte de plaisir à voir les éléments se déchaîner ainsi, dès lors que, par un travail acharné, il avait pu engranger la presque totalité de ses foins. Deux ou trois fois, dans ce tumulte et cette confusion, je rencontrai Phillis, qui semblait se multiplier et partout se montrait au moment où elle pouvait se rendre le plus utile.

Le soir, en me couchant, j'étais presque rassuré : le mauvais pas se trouvait franchi sans trop d'encombre ; mais les jours suivants furent assez tristes, — pour moi, veux-je dire, — car les parents de Phillis, dans leur étonnante sécurité, ne s'apercevaient de rien, et tout au contraire, satisfaits de voir leurs récoltes de l'année s'annoncer sous de si heureux auspices, ne s'étaient jamais montrés plus calmes et plus joyeux.

Deux ou trois belles journées, succédant à celle dont je viens de parler, avaient permis de rentrer les foins. La pluie s'établit ensuite ; elle gonflait les épis déjà formés, et activait la croissance des regains sur les prairies à peine fauchées. Ces temps humides donnaient quelque répit au ministre ; il prenait ses vacances d'hiver pendant les gelées, et celles d'été durant les pluies qui succèdent généralement à la fenaison. On passait alors presque toute la journée dans la salle basse, portes et fenêtres ouvertes à la fraîcheur embaumée, au bruit monotone des gouttes d'eau crépitant sur le feuillage : belle occasion de somnolente béatitude pour des gens heureux, mais il y avait parmi nous deux cœurs malades, — un tout au moins, j'en puis répondre.

L'état de Phillis me tourmentait de plus en plus. Depuis cette journée d'orage, sa voix avait gardé pour mon oreille je ne sais quel accent particulier et contraint, une discordance pénible qui m'affectait malgré moi. Ses regards, autrefois si calmes, trahissaient une continuelle agitation : elle changeait de couleur à chaque instant et sans cause appréciable.

Le ministre, qui fort heureusement ne se doutait encore de rien, avait transporté ses chers classiques dans la salle commune et lisait à haute voix, — pour Phillis ou pour moi, je ne sais trop, quelques passages des *Géorgiques*, en s'extasiant sur l'exactitude technique des conseils que Virgile donnait aux laboureurs du temps d'Auguste.

« Tout cela est vrai, tout cela est vivant, aujourd'hui comme alors, » s'écriait-il, scandant les vers et battant la mesure sur son genou.

Cette espèce de chant rhythmé porta sans doute sur les nerfs de Phillis, qui cousait près de nous, et, son fil se nouant à chaque minute, le cassait avec impatience.

« Votre fil est probablement mauvais, » lui dit sa mère étonnée de ces fréquentes interruptions.

Cette remarque si simple et faite du ton le plus doux parut exaspérer l'enfant.

« Oui, dit-elle, le fil est mauvais,… tout est mauvais… J'ai de tout cela par-dessus la tête. » Après quoi, posant son ouvrage, elle sortit précipitamment.

Je sais bien des familles où pareil incident passerait, inaperçu ; mais dans cet intérieur si calme, si bien réglé, un tel accès d'humeur, le premier que Phillis se fût jamais permis, produisit l'effet d'un coup de tonnerre.

Le ministre posa son livre et releva ses lunettes sur son front. Mistress Holman, après un premier mouvement de surprise affligée, rasséréna sa physionomie et par manière d'excuse :

« Je crois, dit-elle, que c'est l'effet du mauvais temps… Chacun le ressent à sa manière… Moi, vous savez, ce sont des migraines. » Puis elle se leva pour suivre sa fille ; mais à mi-chemin de la porte, se ravisant tout à coup, elle vint se rasseoir.

Bonne, excellente mère ! en affectant de n'y attacher aucune importance, elle espérait atténuer d'autant la portée de cette boutade étrange.

« Continuez, ministre, reprit-elle ; c'est très-intéressant ce que vous nous lisez là ! »

Il continua donc, mais sans aucune ardeur et sans plus marquer à coups de règle la mesure des hexamètres latins.

L'obscurité nous arriva plus tôt que de coutume, le ciel étant couvert de nuages, et Phillis alors rentra doucement sans faire semblant de rien. Elle reprit même son ouvrage, mais il faisait déjà trop noir, et après quelques points l'aiguille dut s'arrêter. Je vis alors sa main se glisser à la dérobée dans celle de la chère tante, et celle-ci l'accueillir par d'imperceptibles petites caresses, tandis que le ministre, ne perdant rien de cette affectueuse pantomime, reprenait d'une voix raffermie le train de ses propos agricoles. J'ose dire qu'à ce moment il n'y portait pas plus d'intérêt que moi. Ce que nous avions sous les yeux faisait tort aux maximes des cultivateurs du Latium.

1. ↑ Nos lettres de *faire part* sont remplacées en Angleterre par l'envoi de cartes de visite ordinaires. Chacun des mariés envoie la sienne séparément, quoique sous le même pli. (N. DU T.)

XIX

Pendant toutes ces journées, — du 5 au 17 juillet, — il faut bien que j'aie perdu de vue les *wedding cards* dont Holdsworth m'avait annoncé l'envoi. Cette circonstance, — en elle-même insignifiante, une fois que Phillis savait à quoi s'en tenir sur le mariage même, — s'était sans doute effacée de ma mémoire. Le fait est qu'elle me prit absolument à court, une dizaine de jours après l'incident dont il vient d'être question.

Le ministre venait de rentrer, et comme la chaleur était extrême, il avait déposé son habit sur le dos d'une chaise.

« À propos, s'écria-t-il, j'ai trouvé à la poste une lettre qu'ils avaient gardée, ne voulant pas la confier au vieux Zekiel. »

Zekiel, ceci soit dit en passant, était un facteur comme on en voyait encore avant la réforme postale ; ses poches lui servaient de sac, et jamais il ne s'inquiétait du sort de ses dépêches, pour peu qu'il rencontrât une bonne âme disposée à se charger de les remettre à destination.

« Voyez, Phillis, et donnez-moi cette lettre ! Nous allons avoir des nouvelles de Holdsworth... J'ai voulu vous en garder la primeur et rompre le cachet en famille... »

Ici mon cœur sembla s'arrêter, et, n'osant lever les yeux, je restai penché sur mon assiette. Qu'allait-il arriver ? quelle contenance garderait Phillis ?

Après quelques secondes, le ministre reprit la parole.

« Eh bien ! Qu'est-ce que cela signifie ? Deux simples cartes, et pas un mot de plus que son nom ?… Je me trompe, un des billets porte celui de *mistress* Holdsworth ! Il est donc marié, notre jeune homme ? »

Je ne pus m'empêcher de jeter un coup d'œil du côté de Phillis, et il me parut qu'elle avait, elle aussi, voulu s'assurer de la mine que je faisais. Elle était fort rouge, ses yeux brillaient, mais elle n'avait pas ouvert la bouche. Ses lèvres au contraire, comme vissées l'une à l'autre, semblaient ne pas vouloir laisser échapper le moindre souffle ou le moindre son.

La physionomie de sa mère n'exprimait qu'un intérêt mêlé d'étonnement et de curiosité.

« Aurait-on jamais cru cela ? disait-elle. Voyons un peu (elle se mit à compter sur ses doigts) : octobre, novembre, décembre, janvier, février, mars, avril, mai, juin, juillet… autant vaut dire juillet, puisque nous sommes au 28… dix mois en tout, dont un à rabattre.

— Saviez-vous déjà la nouvelle ? me dit le ministre, qui, surpris de mon silence, venait de se tourner vers moi. Même alors il n'avait aucun soupçon.

— Je… j'avais entendu parler de quelque chose, répondis-je avec embarras. Sa femme est une jeune

Canadienne de race française,... une demoiselle Ventadour.

— Lucile Ventadour, reprit Phillis, d'une voix mal assise et d'un ton plus haut qu'à l'ordinaire.

— Alors vous le saviez aussi ? » s'écria le ministre.

Je voulus répondre, mais nous prîmes la parole en même temps, ma cousine et moi.

« J'ai dit à Phillis que, selon toute probabilité...

— Il épouse, continuait-elle, une Française nommée Lucile Ventadour. La famille est nombreuse et réside à Saint-Maurice ; c'est bien cela, Paul, que vous m'avez annoncé. »

J'acquiesçai par un mouvement de tête à l'exactitude de ces renseignements, et Phillis, détournant aussitôt la conversation, se mit à questionner son père sur les personnes qu'il était allé voir à Hornby. Elle s'exprimait avec une volubilité tout à fait en désaccord avec ses habitudes, et cela, je le voyais bien, pour écarter tout contact de la blessure encore à vif. Moins maître de moi, je me bornais à suivre l'impulsion, mais, tout en secondant Phillis, je ne pus m'empêcher de remarquer la surprise et le trouble du digne ministre.

Ah ! langue maudite, légèreté à jamais regrettable, précipitation imprudente, quels remords vous me causiez en ce moment ! Et comme le repas me sembla long ! Et comme je trouvais pénible ce malaise subit, cette contrainte masquée, dans une maison où jusque-là chacun parlait à son gré, se taisait de même, et, parlant ou se taisant, ne gardait jamais aucune arrière-pensée !

En fin de compte, on sortit de table ; mais, au moment de se séparer, personne ne montrait la moindre animation, le moindre intérêt pour les travaux qu'on allait reprendre. Ce fut avec une espèce de soupir que le ministre se mit en route du côté des champs où ses ouvriers l'attendaient, et lorsqu'il passa devant nous, je crus m'apercevoir qu'il essayait de nous dérober l'inquiétude dont sa physionomie portait l'empreinte.

Phillis, dès que son père ne fut plus là, retomba dans sa tristesse, dans sa lassitude habituelle, du moins aussi longtemps qu'elle se crut à l'abri de toute observation ; mais aux premiers mots de sa mère elle retrouva, comme par enchantement, pour une commission quelconque, ses vives et promptes allures.

Resté seul avec la chère tante, je dus me résoudre à l'entendre discourir assez longuement sur le mariage de notre ami. Elle le trouvait imprudent d'épouser une Française… « Jamais cette étrangère ne le soignerait comme l'exigeait sa santé, déjà compromise… » En somme, elle s'engourdit peu à peu sur son ouvrage ; et je pus, sans manquer à cette excellente femme, m'évader à petit bruit vers ces solitudes où j'éprouvais le besoin de me retrouver un moment pour réfléchir, pour m'invectiver tout à mon aise.

C'est ce que je fis, sans beaucoup d'utilité ni de succès, pendant une heure environ passée au bord d'un étang, où machinalement je m'exerçais à faire ricocher tantôt un caillou, tantôt un éclat de bois. Aucun remède au mal que j'avais fait si involontairement ne s'était offert à ma pensée, quand le bruit lointain de la trompe, annonçant aux ouvriers que la journée était accomplie, m'avertit en même temps qu'il était six heures. Il fallait rentrer au logis.

Chemin faisant, l'écho m'apporta par fragments le psaume du soir, et, comme je traversais le champ des frênes, j'aperçus le ministre en conférence avec un homme de la campagne ; la distance m'empêchait de reconnaître ce dernier. Je vis seulement qu'il parlait avec une certaine chaleur, et que le ministre lui répondait par un geste de refus énergique.

Pendant le repas, il se montra peu disposé à parler, abattu, peut-être même un peu irritable. Ma pauvre tante ne comprenait rien à cette manière d'être si extraordinaire chez son mari, et, souffrant d'ailleurs elle-même de l'excessive chaleur, ouvrit à peine la bouche. Phillis, en général si préoccupée de ses parents, n'avait pas l'air de prendre garde à ces fâcheux symptômes, et m'entretenait des sujets les plus indifférents ; mais, ayant à me baisser pour ramasser je ne sais quel ustensile, je vis sous la table ses mains prises l'une dans l'autre et si convulsivement tordues, si fortement étreintes, que sous la pression des doigts la chair avait en quelque sorte blanchi.

Que faire, cependant ? Lui parler, puisqu'elle semblait m'y convier, et m'étonner que les autres ne vissent point, ainsi que je les voyais moi-même, le cercle brun qui entourait ses yeux gris, le contraste de ses lèvres blêmes et de son teint plaqué de rouge !

Peut-être, au fait, n'étaient-ils pas si aveugles que je le supposais. D'après ce qui allait se passer, je dois croire que le ministre du moins avait l'œil ouvert.

« Qu'avez-vous, ministre ? lui demanda sa femme, qui, s'approchant de lui, venait de poser une main sur sa large épaule. D'où vous vient cet air soucieux ? »

Il tressaillit, comme réveillé en sursaut. Phillis baissa la tête et n'osait plus respirer, effrayée de la réponse que nous allions entendre ; mais, après nous avoir regardés l'un et l'autre, le ministre se tourna vers sa femme, dont il prit la main avec un mouvement affectueux qui ne laissait place à aucune crainte.

« J'ai, lui dit-il, des reproches à me faire. Un mouvement de colère, cette après-midi, m'a poussé à renvoyer Timothy Cooper. Il a tué le pommier *Ribstone*, à l'angle du verger, en entassant au pied de ce malheureux arbre le mortier préparé pour les nouveaux murs de l'étable... Tué raide, l'imbécile..., un arbre tout chargé de fruits !

— Et d'une espèce si rare ! ajouta la tante avec un regret sympathique.

— Que voulez-vous ? cet homme est presque idiot, mais il a femme et enfants. Aussi m'étais-je bien promis de le garder et d'offrir au Seigneur tout le mauvais sang que ce misérable paresseux me ferait faire. Eh bien non, ma patience s'est trouvée en défaut ! Le voilà remercié, n'en parlons plus. »

Là-dessus, il prit la main de sa femme et y posa doucement ses lèvres.

Je ne sais, pourquoi ce court dialogue avait enlevé à Phillis le courage emprunté dont elle venait de faire montre. Elle regardait par la fenêtre la lune qui montait dans le ciel, et je crus m'apercevoir que ses yeux étaient pleins de larmes. En revanche, elle fut sur pied aussitôt que sa mère, souffrante et à bout de force, proposa de s'aller coucher immédiatement après la prière du soir.

Nous prîmes tous congé du ministre, qui, gardant devant lui sa grande Bible ouverte sur la table, nous rendait nos adieux sans y faire, je crois, la moindre attention. Cependant, comme j'allais, le dernier de tous, quitter la salle commune :

« Paul, me dit-il, vous m'obligerez en restant quelques minutes de plus. J'ai à vous parler. »

XX

Je vis bien de quoi il s'agissait ; aussi, refermant la porte et soufflant mon bougeoir, je restai pour subir mon arrêt. Le ministre ne savait évidemment par où commencer, et j'aurais pu douter qu'il m'eût rappelé, tant il paraissait s'absorber dans sa lecture de la Bible…

Tout à coup il leva la tête.

« J'ai à vous parler de votre ami Holdsworth… Dites-moi, Paul, croyez-vous que ce jeune homme ait des torts envers Phillis ?

— Des torts ? répétai-je, affectant plus de surprise que je n'en éprouvais,

— Vous savez ce que je veux dire… Lui a-t-il fait la cour ? lui a-t-il donné à croire qu'il était épris d'elle ?… tout cela pour s'en aller ensuite et l'abandonner à ses regrets ?… Bref, tournez la question comme il vous plaira ; mais répondez-y nettement, loyalement, sans répéter mes paroles. »

Je tremblais de la tête aux pieds pendant qu'il m'interpellait ainsi.

« Je ne crois pas, lui répondis-je sans hésiter, qu'Edward Holdsworth ait voulu tromper Phillis et lui ait jamais fait la cour. Il n'est point à ma connaissance qu'il ait cherché à lui persuader qu'il l'aimait. »

Je m'arrêtai là. Pour une confession complète, il fallait rassembler tout mon courage, et je voulais de plus, aussi longtemps que cela se pourrait, garder secret l'amour dont j'avais seul obtenu l'aveu. Le mystère de cette passion virginale était sacré pour moi comme pour Phillis, et je savais par quels efforts, je savais au prix de quelles tortures elle l'avait jusqu'alors dissimulé à tous les regards. Aussi pesais-je, une, à une, les paroles qui me restaient à prononcer.

Le ministre n'attendit pas le résultat de ces lentes réflexions, et comme s'il se parlait à lui-même :

« Mon unique enfant, disait-il… Sa jeunesse est d'hier… J'ai encore des années à la couver sous mon aile… Sa mère et moi, nous donnerions ce qui nous reste de temps à vivre pour la sauver du mal, pour lui épargner certaines douleurs. »

Puis, élevant la voix et me regardant en face :

« Cette enfant a du chagrin, et ce chagrin date, ce me semble, du moment où lui est arrivée la nouvelle du mariage… Il est assez amer de se dire que vous êtes plus au courant que nous de ses secrets et de ses peines intimes ; peut-être cependant en est-il ainsi. Dans ce cas, Paul, dites-moi seulement, à moins de péché, ce que je puis faire pour lui rendre la paix… Dites-le-moi, Paul, je vous en conjure.

— Je crains fort, répondis-je, que ceci ne serve à rien ; pourtant je crois vous devoir la confession d'un tort qui pèse sur ma conscience. Je n'ai point failli d'intention, mais de jugement. Holdsworth m'ayant dit, avant de partir, qu'il aimait ma cousine et qu'il espérait en faire sa femme, j'ai répété ceci à Phillis. »

Que pouvait-il demander de plus ? En ce qui me concernait, l'aveu était sans réserve. Mes lèvres, closes désormais, ne devaient rien ajouter.

Je ne voyais pas l'expression de son visage, attendu que je regardais le mur en face de lui. J'entendis un commencement de phrase, puis les feuillets du livre qu'il tournait sans y prendre garde. Quel silence autour de nous, dans cette chambre comme au dehors ! Par les fenêtres ouvertes ne nous arrivait ni frisson de feuillage, ni frémissement d'ailes, ni même une de ces notes indécises et plaintives que l'oiseau endormi sème dans les ténèbres. La grande horloge de l'escalier, la respiration oppressée du ministre… étais-je donc condamné à les entendre éternellement ?…

Un mouvement d'impatience me rendit la parole.

« Je croyais faire pour le mieux, » repris-je exaspéré par le silence et l'attente.

Le ministre ferma brusquement sa Bible, et se levant de son siège :

« Pour le mieux ? reprit-il. Le mieux était donc, selon vous, de confier à une jeune fille ce que vous aviez cru devoir taire à ses parents, à ses parents qui vous traitaient comme un fils ?... » Puis, arpentant la chambre et se livrant à l'amertume de ses pensées :

« Mettre de pareilles idées dans la tête d'une enfant, troubler ainsi la paisible pureté de son cœur en lui révélant un amour... Et quel amour, je vous le demande ! ajouta-t-il d'un ton méprisant, un amour que toute jeune femme trouve disponible !... Ah ! Paul, vous avez vu aujourd'hui même, à dîner, vous avez vu ce visage désolé, cette détresse profonde... Et moi qui me fiais à vous !... Pouvais-je penser qu'il fallût se mettre en garde contre le fils d'un père comme le vôtre ?... Pauvre petite, lui parler amour et mariage !... »

Malgré moi, — et par un retour que je me reproche encore, — je songeais à ce tablier d'enfant que Phillis avait si longtemps porté, à cette transformation si tardivement acceptée, à l'aveuglement de ces bons parents qui, sans le savoir, traitaient en petite fille une femme faite et parfaite. Ils m'imputaient à crime d'avoir éveillé chez elle des sentiments précoces, des idées que son âge ne lui eût pas suggérées ; mais je savais, moi, que le reproche était injuste, je savais qu'il était aisé de leur montrer à quel point ils méconnaissaient le véritable état des choses.

N'importe, je ne songeai pas un instant à me disculper. Il ne pouvait me convenir d'ajouter, ne fût-ce qu'un *iota*, au chagrin que j'avais causé.

Le ministre continuait donc sa philippique, tantôt marchant, tantôt s'arrêtant pour remettre en place quelqu'un des objets épars sur la table ; son impatience éclatait dans chaque geste, dans chaque mot, dans l'incohérence de ses accusations passionnées.

« Si jeune, si pure, et la rendre malheureuse à ce point !... Et pour qui, mon Dieu ?... La bercer de telles espérances et risquer de la voir périr le jour où elles s'écrouleraient !... Ah ! c'est mal, c'est bien mal !... Vous avez beau dire, Paul, votre jugement n'a pas failli seul. Répéter ces vains propos, les répéter à une enfant, ce n'est point une simple erreur, c'est une faute grave, c'est un acte coupable. »

Il tournait le dos à la porte, et, l'oreille occupée de sa propre parole, il n'entendit pas le bruit de cette porte qui s'ouvrait lentement. Il ne vit pas tout d'abord Phillis, restée sur le seuil. Il ne l'aperçut qu'au moment où il se retournait.

Sans doute à moitié déshabillée, elle avait jeté sur ses épaules un long manteau d'hiver en étoffe brune qui retombait à grands plis sur ses pieds nus. Une étrange pâleur attristait son visage ; plus que jamais, dans le cercle bistré qui les entourait, ses yeux s'affaissaient comme appesantis.

Elle avança très-lentement jusqu'à la table, au bord de laquelle sa main chercha un appui.

« Père, dit-elle avec une fermeté mélancolique, vous blâmez Paul, et Paul n'est point coupable. Malgré moi, j'ai entendu la plus grande partie des reproches qu'il a dû subir. Il ne les mérite pas. Pauvre Paul ! peut-être eût-il été plus sage de se taire ; mais s'il a parlé,... grand Dieu, pourrai-je aller jusqu'au bout ?... s'il a parlé, c'est par bonté, par esprit de miséricorde... quand il m'a vue si malheureuse de ce départ... »

En prononçant ces derniers mots, elle baissa la tête, et, sa main posée contre la table, parut près de fléchir sous un fardeau plus lourd.

« Voyons, je ne comprends pas, » reprit son père, et pourtant il commençait à comprendre.

Phillis attendait une question nouvelle avant de répondre. Il la lui adressa, cette question, et tant de cruauté m'irrita. Il est vrai que je savais tout.

« Oui, je l'aimais, répondit-elle, défiant pour la première fois le regard de son père.

— Vous avait-il jamais parlé d'amour ? Paul prétend que non.

— Jamais. »

Après ce mot décisif, elle baissa les yeux, et je crus qu'elle allait se laisser tomber sur place.

« Voilà, dit le ministre d'une voix rude, voilà ce que je ne pouvais imaginer. »

Il se fit un silence, et M. Holman ne reprit qu'au bout d'un instant, avec un soupir :

« Paul, je n'ai pas été juste envers vous. Un blâme vous est dû, mais non celui que je vous imputais. »

Nouveau silence : il me sembla surprendre un mouvement sur les lèvres pâles de Phillis ; mais ce pouvait être la flamme vacillante de la bougie autour de laquelle voletait un papillon de nuit qui venait d'entrer par la fenêtre ouverte. — J'aurais pu lui sauver la vie, et je ne le fis pas ; j'avais vraiment de bien autres soucis !

Après quelques secondes interminables, le ministre reprit :

« Dois-je croire, Phillis, que nous ne vous rendons pas heureuse ?... Notre tendresse vous a-t-elle jamais manqué ? »

Je ne pense pas qu'elle comprît où il en voulait venir en lui adressant cette question. Elle semblait n'avoir plus conscience de son être, et dans ses beaux yeux dilatés on ne lisait plus que l'expression de quelque horrible souffrance.

Il continua sans y prendre garde, probablement sans rien voir de tout ceci.

« Et cependant vous nous auriez quittés, nous, votre foyer, votre père, votre mère, pour suivre en ses hasardeux pèlerinages cet étranger que vous connaissiez à peine ! »

Le pauvre homme souffrait, lui aussi ; l'accent de ces amers reproches était celui de la plainte.

Le père et la fille, dans tout le cours de leur existence commune, ne s'étaient probablement jamais sentis si peu sympathiques l'un à l'autre. Et pourtant, une terreur nouvelle s'emparant de Phillis, c'est vers lui qu'elle se tourna pour réclamer assistance. Une ombre voila son visage ; elle se porta chancelante vers son père, et, s'affaissant devant lui, les bras pressés autour de ses genoux :

« Épargnez-moi... Ma tête... ma tête !... » s'écria-t-elle puis, malgré le vif mouvement qu'il fit pour empêcher sa chute, elle tomba étendue à ses pieds.

XXI

Jamais je n'oublierai l'agonie de ce regard paternel au moment où nous la relevions tous deux, — ni, quand je revins de la pompe où j'étais allé tout courant chercher de l'eau, le geste par lequel le ministre, qui avait pris Phillis sur ses genoux, la tenait pressée contre sa poitrine, comme on tient un enfant endormi, — ni la faiblesse où son effroi l'avait jeté, faiblesse telle qu'il s'efforça vainement de quitter le siège sur lequel il était assis, et où il retomba comme incapable de soulever son léger fardeau.

« Bien vrai qu'elle n'est pas morte ? » me dit-il tout bas, d'une voix rauque, au moment où je rentrais.

Moi non plus, je ne pouvais parler, et je me bornai à lui montrer, autour des lèvres de Phillis, le frémissement de quelques muscles.

Fort heureusement pour nous, la tante Holman, attirée par des bruits inaccoutumés, descendit en ce moment critique. Pâle, tremblante, elle sut pourtant, bien mieux que nous, prendre tous les soins que la situation réclamait. Betty fut appelée. On porta Phillis dans son lit, et je partis au galop sur un cheval qu'on venait de seller à la hâte pour aller chercher le médecin de la ville voisine.

Je ne le trouvai point, cela va sans le dire, et il ne put venir que le lendemain matin. C'était une fièvre cérébrale, il ne nous laissa là-dessus aucun doute ; mais il mit une inflexible réserve à ne se prononcer ni sur les espérances de guérison que nous pouvions garder, ni sur les sombres appréhensions qui de temps à autre nous faisaient envisager comme probable un dénoûment sinistre, une issue fatale.

Je devais partir au commencement d'août ; mais, sans qu'un mot fût prononcé à ce sujet, l'exécution de tous mes plans se trouva indéfiniment ajournée. Je me sentais indispensable au ministre, et ce n'était pas mon père qui dans de telles circonstances m'aurait pressé de quitter Hope-Farm ; — indispensable, ai-je dit, et je m'explique.

À l'heure critique, recueillant le fruit de ses bons exemples et de ses pieuses exhortations, le ministre avait trouvé chez tous ses serviteurs le même bon vouloir, le même intérêt, le même dévouement. Le jour où Phillis tomba malade, il réunit dans la grange encore vide les ouvriers de la ferme. Il réclama leurs prières pour le rétablissement de cette jeune fille aimée de tous ; il leur annonça que, désormais incapable de penser à autre chose qu'à cette enfant sur qui semblaient planer les ailes de l'Ange funèbre, ils ne devaient plus compter sur lui pour la direction de leurs travaux. Chacun s'en tirerait de son mieux. Et c'est ce que firent ces braves gens, dont la muette sollicitude, inscrite sur leurs fronts hâlés, se traduisait chaque matin par quelques questions à demi-voix, par des allées et venues inquiètes, et par ces hochements de tête qui accueillaient d'ordinaire les réponses de Betty, volontiers mêlées de fâcheux pronostics ; mais on n'avait à leur demander ni zèle très-actif, ni promptitude intelligente, et s'il fallait courir au château voisin pour obtenir de la glace, ou lancer une locomotive sur Eltham pour y aller quérir le médecin appelé à se prononcer sur tel ou tel symptôme que son confrère de Hornby signalait comme très-grave, les parents de Phillis ne pouvaient compter sur nulle autre assistance que la mienne.

Nous nous rencontrions sauvent, le ministre et moi ; nous nous parlions rarement : malgré lui, je crois bien, il me gardait une secrète rancune. Il avait vieilli de dix ans en quelques jours. Sa femme et lui voulaient seuls veiller au chevet de la jeune malade, et Dieu leur donna jusqu'au bout la force nécessaire. Betty elle-même n'était admise qu'à la dernière extrémité.

Un jour, par la porte restée entr'ouverte, je vis Phillis. Son abondante chevelure blonde était depuis longtemps fauchée, des linges mouillés entouraient ses tempes, et soutenue par l'oreiller, balançant en avant et en arrière son corps amaigri, les yeux fermés, elle essayait çà et là de fredonner comme autrefois une hymne d'église, mais le chant ainsi commencé s'achevait invariablement en une plainte, arrachée par la souffrance. La mère, assise près d'elle, ne versait pas une larme, et avec une inépuisable patience changeait sans cesse les linges humides, à mesure qu'ils avaient perdu leur salutaire fraîcheur. Tout d'abord je n'avais pas aperçu le ministre ; mais il était là, dans un obscur recoin, agenouillé, les mains jointes, priant avec une ferveur passionnée.

La porte se referma, je n'en vis pas davantage.

Deux de ses collègues arrivèrent le surlendemain. Leur visite, que je lui annonçai à voix basse, parut le troubler étrangement :

« Ils viennent me sommer de leur ouvrir mon cœur... Paul, mon cher Paul, vous ne nous quitterez pas !... Leurs intentions sont bonnes, mais je ne puis attendre que de Dieu les secours spirituels dont j'ai besoin. »

Ces deux ministres étaient plus âgés qu'Ebenezer Holman. À cela près, ni l'un ni l'autre ne pouvait revendiquer sur lui la moindre autorité morale ou intellectuelle. Ils parurent d'abord me regarder comme un intrus ; mais je tins bon, me rappelant la recommandation de mon oncle, et, comme contenance, je pris un des livres de Phillis, un de ces livres étrangers dont je ne comprenais pas le premier mot. Bientôt, par manière de préface, ils m'invitèrent à prier avec eux, ce que je fis de grand cœur.

On se releva, on s'assit : on attendit que M. Holman eût terminé son oraison, prolongée au delà des nôtres, et pris sa place au conclave ; puis le révérend Robinson hasarda sa remontrance, à laquelle son « frère » Hodgson donnait son assentiment par quelques gestes de tête ou quelques interjections glissées entre deux phrases.

M. Holman les écoutait avec une patience évangélique, nonobstant les absurdités palpables dont leur exhortation pieuse était émaillée. Ils venaient lui prêcher la résignation, comme si tout espoir était perdu ; ils venaient lui demander de bénir le Seigneur dans le cas où il plairait au Seigneur de lui reprendre sa fille. Le pauvre homme s'efforçait de comprendre ces idées et d'y entrer ; mais il ne pouvait changer en un cœur de pierre le cœur de chair qui battait dans sa poitrine.

Toujours sincère, il ne voulut ni se tromper lui-même, ni déguiser à ses collègues ce qui se passait en lui.

« Si le jour fatal venait à luire pour moi, leur dit-il, et si Dieu me donne la force dont j'aurai besoin, je reconnaîtrai sa miséricorde ; mais je ne veux pas anticiper sur cette horrible catastrophe… Je ne me résignerai qu'alors et si cela m'est possible… Jusque-là, laissez-moi mon espérance, qui me vient aussi de Dieu, je suppose…

Cette réponse inattendue déconcerta les deux prédicants ; mais celui qui portait la parole n'en adjura pas moins « frère Holman » de scruter à fond sa conscience.

« Demandez-vous, disait-il, pourquoi Dieu vous inflige cette épreuve. Ne veut-il pas châtier en vous ces trop grandes préoccupations d'intérêt purement terrestre, ce zèle immodéré pour la culture de votre ferme et le soin de votre bétail ? N'êtes-vous pas un peu glorieux de vos connaissances, et pour les acquérir n'avez-vous pas négligé les choses divines ? De votre fille elle-même, n'aviez-vous pas fait une sorte d'idole ?…

— Je ne répondrai pas, s'écria le ministre. Rien ne m'oblige à répondre. Dieu seul reçoit la confession de mes fautes… Si coupable que je puisse être (et je le suis sans doute à ses yeux, ajouta-t-il humblement), je tiens, avec le Christ, que les afflictions terrestres ne sont point les châtiments par lesquels Dieu sévit contre les pécheurs.

— Ceci est-il orthodoxe ? » demanda le troisième ministre en se tournant avec déférence vers le révérend Robinson.

Malgré la défense qui m'avait été faite, je jugeai opportun de quitter le cénacle pour aller à la recherche de quelque diversion domestique, et ma bonne chance me fit rencontrer Betty. Dès qu'elle sut de quoi il s'agissait :

« Soyez tranquille, me dit-elle, j'ai votre affaire. Seulement ces gens-là sont de véritables ogres… N'importe, il me reste un bon morceau de bœuf froid, et avec une grosse omelette au jambon vous verrez, vous verrez comme on les apaise en les rassasiant… Ce n'est pas la première fois que j'en fais l'expérience… »

Cette visite, que j'ai relatée pour la singularité du fait, fut presque le seul incident qui vint rompre l'uniformité de nos longues journées et de nos longues nuits, auxquelles ne manquaient ni les soucis de l'âme, ni les fatigues matérielles.

N'allez pas croire, là-dessus, que nos voisins fussent indifférents au sort de Phillis. Ils épiaient au contraire la sortie de n'importe quel serviteur de la famille pour avoir quelque nouvelle de la jeune malade ; mais ils se gardaient bien de manifester leurs inquiétudes en venant jusqu'à la maison, qui, durant ces brûlantes journées d'août, était ouverte, par toutes ses issues, aux bruits extérieurs. Coqs et poules passaient assez mal leur temps, Betty les retenant prisonniers dans une grange vide, où ils demeurèrent plusieurs jours de suite condamnés à une obscurité complète, sans qu'on y gagnât beaucoup sous le rapport du tapage.

Enfin arriva la crise sous la forme d'un sommeil profond d'où la jeune malade sortit avec quelques faibles indices d'une sorte de renaissance. Son sommeil avait duré bien des heures, pendant lesquelles personne de nous n'osait bouger, ni pour ainsi dire souffler. Nous avions passé par tant d'anxiétés que nos cœurs endoloris ne pouvaient s'ouvrir à l'espérance, et en accepter pour gages les symptômes favorables qui se déclaraient simultanément, — la respiration plus régulière, la moiteur de l'épiderme, un retour de teintes rosées sur les lèvres blêmies.

XXII

Je me souviens que ce même soir, à l'approche du crépuscule, je gagnai par la longue avenue des frênes un petit pont, jeté au pied de la colline, où le sentier menant à Hope-Farm venait rejoindre la route de Hornby.

Sur le bas parapet de ce pont, je trouvai Timothy Cooper, ce laboureur à moitié idiot dont la stupidité avait exaspéré la patience du digne ministre. Il était assis et jetait nonchalamment, de temps à autre, quelque débris de mortier dans l'eau courant au-dessous de lui.

Mon approche lui fit lever les yeux, mais il ne me salua ni de la voix ni du geste, contrairement à son habitude en pareille circonstance, d'où je conclus que son renvoi de la ferme lui avait laissé quelque penchant à la bouderie. Il me sembla pourtant qu'on pouvait essayer de le consoler par quelques bonnes paroles, et je m'assis à côté de lui.

Tandis que je cherchais un prétexte à conversation, il se prit à bâiller comme un homme que la fatigue accable.

« Vous êtes donc las, mon pauvre Tim ? lui demandai-je aussitôt.

— Un peu, répondit-il, mais à présent je vais pouvoir m'en retourner chez nous.

— Étiez-vous donc ici depuis bien longtemps ?

— Dame ! j'y ai passé toute la journée, ou peu s'en faut, depuis sept heures du matin tout au moins.

— Et que faisiez-vous, grand Dieu ?

— Rien du tout.

— Alors pourquoi rester là ?

— Pour éloigner les charrettes. »

En me répondant ainsi, le lourdaud, maintenant debout, étirait ses grands bras et dérouillait ses membres avant de se mettre en route.

« Les charrettes !… quelles charrettes ? lui demandai-je fort surpris.

— Les charrettes qui auraient réveillé cette petite. C'est aujourd'hui le marché de Hornby… Ne le savez-vous donc pas ?… Seriez-vous aussi un idiot, vous qui parlez ? »

Et il me toisait d'un air narquois, comme pour prendre la jauge de mes facultés intellectuelles.

« C'est à cela que vous avez passé toute la journée ? repris-je sans laisser voir aucune émotion.

— Mais oui. Je n'avais rien à faire, puisque le ministre ne veut plus de moi. Pourriez-vous me dire comment va l'enfant ?

— On espère que ce long sommeil lui fera du bien. En attendant, Timothy, dormez tranquille, et que Dieu vous bénisse ! »

Je ne pense pas qu'il ait pris garde à ces derniers mots, prononcés pendant qu'il enfourchait une barrière voisine pour regagner son pauvre cottage.

En revenant à la ferme, j'appris que Phillis était enfin réveillée, qu'elle avait même faiblement articulé deux ou trois mots.

Sauf sa mère, qui restait auprès d'elle pour lui faire prendre quelques légers aliments, le reste de la famille fut convoqué, — c'était la première fois depuis bien des jours, — à la prière du soir. Il y avait là un retour bien marqué aux habitudes des temps heureux ; mais, sans invoquer tout haut le Seigneur, nous n'avions pas cessé d'être à ses pieds, notre vie même étant une prière pendant ces jours néfastes où le silence s'était fait dans la maison. Nous nous retrouvâmes au lieu habituel, et de l'un à l'autre s'échangeaient des regards d'espérance. Agenouillés, nous attendîmes que la voix du ministre donnât le signal ; mais nous attendîmes en vain, car il ne pouvait parler, — il étouffait. De sa robuste poitrine sortit, l'instant d'après, un sanglot profond. Le vieux John alors, se tournant vers lui sans se relever :

« Ministre, lui dit-il, m'est avis que, sans prononcer une parole, nous avons rendu grâce à Dieu de tout notre cœur. Peut-être bien n'a-t-il pas besoin ce soir qu'on le remercie autrement. Qu'il veuille nous bénir tous et préserver notre Phillis de tout mal !... Ainsi soit-il. »

Nous n'eûmes, en fait de prière, que cet impromptu du vieux John.

Celle qu'il avait si bien nommée « notre Phillis » alla toujours de mieux en mieux à partir de ce moment ; mais sa convalescence fut d'une lenteur ! Parfois j'en désespérais presque. Je craignais de ne plus revoir ma cousine telle que je l'avais connue autrefois, et de fait, à certains égards, ma crainte s'est vérifiée.

XXIII

Bientôt il fut possible de la descendre et de l'installer sur le grand sofa du salon, tout exprès rapproché des fenêtres. Elle y passait de longues heures, toujours dans les mêmes dispositions, c'est-à-dire toujours paisible, toujours douce, toujours triste. Le retour de ses forces physiques ne lui rendait pas son ressort moral, son vouloir énergique, sa ferme ténacité.

Rien de pénible comme les vains efforts de ses pauvres parents pour lui redonner le goût de la vie. Le ministre, un jour, lui rapporta toute une garniture de rubans bleus, en lui remémorant avec un tendre sourire cet entretien d'autrefois où elle lui avait confessé une certaine faiblesse à l'endroit des frivolités féminines. Elle parut reconnaissante et le remercia très-expressément ; mais dès qu'il fut sorti, elle posa les rubans de côté, en fermant les yeux comme si cette vue l'obsédait.

Une autre fois sa mère crut ingénieux de placer à sa portée quelques-uns de ces ouvrages latins, ou italiens qu'elle aimait tant avant sa maladie, ou plutôt avant le départ de Holdsworth. Cette inspiration fut la plus désastreuse de toutes. Phillis se tourna du côté de la muraille et se prit à pleurer dès que sa mère se fut éloignée.

Betty, qui mettait justement le couvert, démêla bien vite ce qui se passait en elle.

« Çà, Phillis, lui dit-elle en se rapprochant du sofa, nous faisons pour vous tout ce que nous pouvons ; les médecins ont fait ce qu'ils pouvaient, et Dieu lui-même ne s'est pas épargné à vous guérir. Vous ne mériteriez pas tout cela, si de votre côté vous ne faisiez aussi quelque chose. À votre place, et plutôt que d'épuiser ainsi le dévouement de votre père et de votre mère, plutôt que de les laisser se désoler et se fatiguer en attendant l'heure où il vous plaira de redevenir gaie, je monterais là-haut (montrant le ciel) pour y prendre la lune avec les dents. Voilà ma façon de voir, et comme je n'ai jamais beaucoup aimé les longs sermons, je m'en tiens à ce que j'ai dit. »

Phillis, comme on pense, ne répondit rien à cette éloquente apostrophe ; mais un ou deux jours après, nous trouvant seuls, elle me demanda si je pensais que mes parents lui permissent d'aller passer auprès d'eux une couple de mois.

En me manifestant ainsi son désir de changer de lieux pour changer de pensées, elle avait rougi, elle balbutiait quelque peu.

« Vous savez, Paul, disait-elle, ce ne sera pas long. Un simple répit, une courte halte… Ensuite nous retournerons, je le sais, à la paix, à la sérénité d'autrefois. — Je le sais, dis-je, car je le puis et je le veux. »

Pendant qu'elle me tenait en hésitant ce langage résolu, son père, à qui j'avais raconté ma conversation avec Timothy, et qui s'était hâté de le rappeler à la ferme, donnait à ce pauvre diable, avec une patience exemplaire et vraiment touchante, les instructions les plus détaillées pour une besogne d'ailleurs très-simple qu'il venait de lui confier.

Chez Phillis et chez le ministre, dans des circonstances qui n'offraient aucune analogie, le même esprit se manifestait, — cet esprit chrétien qui facilite la résignation, triomphe de toute amertume et mêle une sainte douceur aux grands sacrifices, aux dégoûts mesquins, aux immenses et menues misères dont chaque existence est plus ou moins compliquée ici-bas.